目次

いそっぷ村の繁栄……九
アリとキリギリス……九
北風と太陽……一二
キツネとツル……一四
カラスとキツネ……一五
ウサギとカメ……一八
オオカミがきた……二一
ライオンとネズミ……二四
シンデレラ王妃の幸福な人生……二七
表と裏……四一
頭の大きなロボット……四三
底なしの沼……五一
ある商品……五八
無罪の薬……六五
新しがりや……七三
余暇の芸術……八〇
おカバさま……八七
利口なオウム……九四
新しい症状……一〇三
いい上役……一〇九
電話連絡……一一六
やさしい人柄……一二八

つなわたり……一三九
オフィスの妖精……一四一
健康な犬……一五八
熱中……一六三
別れの夢……一八七
少年と両親……一八九
ねらった金庫……一九九
価値検査器……二〇七
企業内の聖人……二一三
夢の時代……二二七
ある夜の物語……二三一
旅行の準備……二四六
どっちにしても……二五一
不在の日……二五三
奇病……二八七
ふしぎなネコ……二八九
やはり……二九六
たそがれ……二九九
解説　新井素子
挿絵　真鍋博

未来いそっぷ

いそっぷ村の繁栄

アリとキリギリス

秋の終りのある日、アリたちが冬ごもりの準備をしていると、そこへバイオリンをかかえたキリギリスがやってきて言った。

「食べ物をわけてくれませんかね」

おじいさんアリが、その応対をした。

「あなたはなぜ、夏のあいだに食料あつめをしておかなかったんだね」

「わたしは芸術家なんですよ。音楽をかなでるという、崇高なことをやっていた。食料あつめなどしているひまなんか、なかったというわけです」

「とんでもない怠け者だ。ふん、なにが芸術だ。お好きなように歌いつづけたらどうです、雪の上ででも……」

おじいさんアリはそっけない。しかし、キリギリス、さほど落胆もしない。

「だめなら、しようがない。じゃあ、よそのアリさんのとこへ行ってみるか……」

帰りかけるのを、若いアリが呼びとめる。

「ま、まって下さい……」

その一方、おじいさんアリに説明する。

「……おじいさん、考えてみて下さいよ。われわれ先祖代々の勤労愛好の性格によって、巣のなかはすでに食料でいっぱい。毎年のように巣を拡張し、貯蔵に貯蔵を重ねてきたわけですが、それも限界にきた。さっきも貯蔵のために巣をひろげたら、壁が崩れ、むこうから古い食料がどっと出てきて、それにつぶされて三匹ほど負傷しました。キリギリスさんに入ってもらって少し食べていただかないと、もう住む空間もないほどなんです」

かくして、キリギリスはアリの巣の客となった。その冬はアリたちにとっても楽しいものとなった。ジュークボックスがそなえつけられたようなものなのだ。曲目さえ注文すれば、なんでもバイオリンでひいてくれる。

このキリギリス、芸術家だけあって、頭のひらめきもある。アリの巣の貯蔵庫を見て回っているうちに、奥の古い食料が発酵し酒となっているのを発見した。アリたちに言う。

「あんたがた、これをほっぽっとくことはないぜ。飲んでみな」

アリたち、おそるおそるなめ、いい気持ちとなり、酒の味をおぼえる。酒と歌とくれば、踊りだって自然と身につく。どうくらべてみても、勤労よりこのほうがはるかに面白い。この冬ごもりの期間中に、このアリ一族の伝統精神は完全に崩壊した。

つぎの春からこのアリたちは、地上に出ても働こうとせず、キリギリスのバイオリンにあわせて踊りまわるだけだった。ただ、おじいさんアリだけが慨嘆する。

「なんたることだ、この堕落。このままだと遠からず……」

そして、若いアリたちを理論で説得すべく、食料の在庫を調べ、あとどれくらいでそれが底をつくか計算しようとした。だが、あまりに貯蔵量が多すぎ、どうにも手におえない。あと数十年を踊り暮したって、なくなりそうにはないのだ。そこでつぶやく。

「世の中が変ったというべきなのか。わしにはわけがわからなくなった……」

おじいさんアリは信念と現実との矛盾に悩み、その悩みを忘れようと、酒を飲み、若い連中といっしょに踊りはじめるのだった。

教訓。繁栄によりいかに社会が変ったからといって、古典的な物語をこのように改作すること、はたして許されるべきであろうか。

北風と太陽

北風と太陽とが議論をした。それぞれ、おれのほうが強力だとの主張をくりかえすだけだった。前にもこの議論をやったような記憶はあるのだが、両者とも記憶力はさほど優秀でなく、どう勝負がついたのか忘れてしまっていた。おれのほうが女にもてるとか、麻雀《マージャン》が強いとか、議論とはすべてそういうものなのだ。

やがて力くらべのルールがきまる。むこうから道を歩いてくる男があった。あいつの上着をどちらがぬがすことができるかだ。

「よし、それでやろう。まず、おれがやってみせる」

北風は張り切り、そのあらん限りの力をもって、道の男にむけ風を吹きつけた。上着をはぎとらずにおくものかとの勢い。その冷たさに、男はふるえあがる。そして、あたりを見まわすと、バーがある。

「うわあ、寒い。なにか温かいものを飲ませてくれ」

と飛びこんで言うと、そこのホステスはにこやかに迎える。

「いらっしゃいませ。当店のサービスは必ずご満足いただけると思いますわ」

この場合のサービス、温かさに及ぶものはない。また、このごろのお客とくると、ホステスが肌《はだ》もあらわでないとサービスと思わなくなっている。すなわち、室内は充分な暖房。やがて男は、注文を冷たい飲み物に変更し、さらに上着をもぬいだ。

「ほら、どうです。わたしの腕前。太陽さん、あなたの番です。やってごらんなさい」

と北風はいい気分。太陽だって負けるつもりはない。バーから男が上着をつけて出てくるのを待ち、日光を送りはじめた。男は空を見あげてつぶやく。

「なんという天気だ。社会がおかしくなると、天気にも影響するのかな」

なおも強烈になる日光。暑さはます。汗をふきながら男はあたりを見まわし、喫茶店に入る。そこがクーラーのきいた店であったという結果、あなたの予想なさった通り。

教訓。太陽さん、くやしがることはない。そのうちまた世の中が変り、暑い日には上着をぬぎ、寒い日には上着をきるという時代もくるだろうさ。

キツネとツル

あるキツネ、退屈しのぎにとひとつのアイデアを思いつき、ツルを食事に招待した。そして豆のスープをスープ皿に入れてすすめた。

「食べほうだいです。どうぞご遠慮なく」

「これをわたしに、どうやって食べろというんです」

「あなたがどうするか、そこが面白いところなんですよ」

キツネは笑う。しかし、このツル、気ぐらいが高いところへもってきて、ユーモアの感覚がまるでない。ばかにされたと感じると、すぐかっとなる性質。あっというまもなく、長くとがったクチバシで、キツネの心臓をひと突き。それでも腹がいえず、キツネを切り刻み、スープで味つけをし、くびの細長いツボに入れ、みんな食べてしまった。それから帰宅し、入れ歯ならぬ入れクチバシをはずし、ぐっすり眠った。

教訓。いやはや、いつ、どこで、なにが起るか、わかったものじゃない。

カラスとキツネ

一羽のカラスがいた。空を飛び巣へ帰る途中、美しい花をたくさんつけた木をみつけた。そこへ舞いおり、翼を休める。

その木の下にはキツネが待っていた。いや、木をかくも美しく育てたのは、このキツネだったのである。すなわち、この木はキツネの所有物といっていい。キツネは上を見あげ、呼びかける。

「あら、カラスさん……」

しかし、カラスは返事をしなかった。なぜなら、口にチーズをくわえており、口をあけたらそれが落ちてしまう。だが、それぐらいのことでキツネはあきらめない。さらに甘い声で話しかける。

「こちらさん、お静かねえ。そういうかたこそ魅力的なのよ。それに、なんとスマートなスタイル。そのお羽の色のみごとなこと。黒ずくめなんて、すごみもあるわ……」

それを聞き、カラスはしだいにいい気分になってきた。なにもカラスに限らず、だれだってそうなる。キツネとしてはもう一押し。

「きっと、お声もすばらしいんでしょうね。低音で、ぞくぞくするようなお声にちがいないわ。あら、歌って下さいってお願いしてるんじゃないのよ。あなたに歌われたら、あたししびれちゃって、どうしようもなくなるような気がしてならないんですもの……」

ここにいたれば、歌わずにいることはできぬ。カラスは木の枝にとまったまま、翼を左右にひろげ、その自己の姿に陶酔しながら、鳴き声をひびかせた。

「かあ……」

そのとたん、引力の法則によりカラスの口にあったチーズは落下し、木の下のキツネの口にと移った。キツネ、それを食べ終っていわく。

「あら、お声ばかりじゃなく、気前もいいかたなのねえ。ほれぼれしちゃうわ」

「いや、それほどでもないがね」

カラス、まんざらでもない気分。さきほどからのキツネの言葉、どうせ商売用のおせじなのだろうが、五割ぐらいは真実がこもっているのではなかろうか。火のないところに煙は立たぬという。あれだけほめ言葉が連発されたのも、おれがいささかハンサム・カラスだからこそにちがいない。

「お近いうちに、またいらっしゃってね」

とキツネ。カラスはうなずく。

「ああ、来るとも。おっと、忘れるところだった。領収書をくれないか」

この楽しさにくらべれば、チーズごとき惜しくもない。それに、領収書があれば交際費で落せ、税金にとられるよりはるかにいい。

教訓。なげかわしき現象。これにつけ加えることはなにもない。いうべき言葉がない。

ウサギとカメ

「もしもしカメよ、カメさんよ。世界のうちでおまえほど、歩みののろいものはない。まったく、なさけないやつだな」

とウサギが声をかけると、カメは言った。

「なにをいうんです。だいたい、そういう尊大な口のききかたはよくありません。他人を不快な気分にさせます。礼儀正しいことでない。あらためたほうがいいでしょう。いまに身を滅ぼすもとになりますよ」

「道徳的なほうに話題をそらし、ごまかそうなんてずるいぜ。おれは、おまえがのろまだと言ってるんだ」

「だれにもそれぞれ、長所や弱点があるものです。たとえばわたしは哲学的だが、その点において、はなはだ劣る連中もある」

「おれが哲学的じゃないというのか。また話をごまかそうとする。いまやスピードこそ最高の価値基準なのだ。つまり、おれはそれを身につけているというわけだ。早くいえば、おれはえらいんだとなる」

「で、そのスピードとはなんですか」

カメが聞くと、ウサギはあきれ顔。

「その言葉も知らんのか。ばかだね。つまりだな、ここからむこうの山まで、おれたちが競走するとする。おれはおまえを、はるか引きはなして勝つということだ。わかったか」

「さあ、どうですかね」

「こりゃあ驚いた。足ばかりか、頭の回転までのろいようだな。おれは自分の勝利に全財産を賭《か》けてもいいぞ」

「あなた、そんなむちゃな冒険はいけません。軽々しい発言です。無一文になったらどうする気です」

カメが言うと、ウサギはもはや興奮ぎみで、かっかとなっていった。

「おれは尊大かもしれないが、おまえはどうやら誇大妄想《もうそう》のようだぞ。現実に直面するというショック療法の必要がある。なんなら、やってみようじゃないか。そのかわり、おまえも全財産を賭けろ。どうだ、おじけづいたろう」

「いえいえ、やってみなくては、なんともいえませんよ。では、あすにでもやりますか。わたしはこれから準備体操でもして、調子をととのえましょう」

「ようし、その約束を忘れるな」

議論のおもむくところ、このような成り行きとなった。さて、つぎの日、さまざまな観客が集り、審判のキツネが宣言した。

「では、これよりレース開始。合図とともにここをスタートし、むこうの山に早く到着したものが勝ち。それでいいな」

「けっこうです」

ウサギとカメが答える。そして、合図がなされ、両者はスタート。カメの歩みはのろのろだが、ウサギの速力たるや、この世のものとも思われないほど。勝利はほとんど明らかだった。

だが、ものごと百パーセント順調などありえない。物かげにかくれていたパトロールカー。サイレンとともにウサギを追跡し、止れと命じた。ウサギは聞きかえす。

「なんです。ご用は」

「なんですとはなんだ。スピード違反だ」

「いえ、これには事情があるのです。大事なレースのじゃまは困りますよ」

ウサギが押しかえそうとすると、警官。

「つべこべ言うな。その態度はなんだ。公務執行妨害になるぞ。いちいち事情をみとめていたら、スピード違反の取締りは不可能となる。署まで来い。文句があるならそこで言え」

いやおうなし。ウサギは連行された。スピード違反は事実であり、さんざん油をしぼられた。そのあいだに、カメはゆうゆうとゴールイン。過ぎたるは及ばざるがごとし。みなさん、スピードの出しすぎは破滅のもと。注意しましょう。

なお、なぜこうもパトカーがつごうよく出現したかというと、前夜ひそかにカメが贈り物を持参し、その係の自宅を訪れ、なにぶんよろしくと依頼したからにほかならない。

教訓。知恵と金さえあれば、恐るるものなし。肉体的な欠点など、なんら気にすることはない。

オオカミがきた

ヒツジの番をするのが役目の少年があった。ある日、村のほうにむかって大声をあげた。

「助けてえ。オオカミがきた」

事実は、オオカミの姿なんかそのへんにはなかったのだが。頭も悪くない多感なる少年に、ヒツジ番のごとき単調な仕事をやらせておけば、突発的にあらぬことを口走ることだって起るというものだ。

村人たちはかけつけてみて、それがうそであったと知った。しかし、さほど怒りはしなかった。退屈きわまる村の生活。一時的とはいえ、スリルを味わうことができたのだ。また、非常事態が発生しても自分たちに対応能力があることもわかり、安心感のようなものもおぼえた。

何日かすると、少年はまたも叫んだ。

「助けて、こんどこそ本当のオオカミだ」

大衆を動員する才能が自分にあると知ると、またやってみたくなるのは、いたしかたあるまい。善良な村人たちは、またもかけつけ、今回もうそであったと知った。

そしてまもなく、ついに本物のオオカミがあらわれた。オオカミの群れは、少年とヒツジとどちらがうまそうか、見くらべて舌なめずりをしている。

少年はそれに気づき、瞬間的に考えた。前述のごとく、彼の頭は悪くない。村人たちが「もう演習にはあきた」と話しあい、だれもかけつけてくれないだろうと想像した。そこで、少年は大声でこう叫んだ。

「助けてくれなくてもいいよ。はだかの美女の大群がおそってきた。ひどい目にあわされそうだが、決して助けたりしちゃいけないよ」

その声が村にとどくと、その反応たるやすごかった。あっというまに男子の全員がかけつけ、女性たちは心配そうにそのあとを追ってきた。その勢いに圧倒され、オオカミたちは逃げていった。

この利口なる少年、やがて若くして村長に推され、つぎつぎと幻影とも思える政策を打ち出し、村人たちは、前にぶらさげられたニンジンを追って走る馬のごとくに働き、やがてこのあたりで最もすばらしい村に経済成長をとげた。

教訓。この少年のまねをしようなど、夢にも考えてはならぬ。あなたがやれば、オオカミに食われるか、村人たちに袋だたきにされるか、どちらかで終る。

ライオンとネズミ

ライオンが昼寝をしているところへ、かけてきたネズミがぶつかった。そもそもライオンにぶつかるなんて、ネズミのなかでもおろかなやつのすることだ。ライオンは目をさまし、さっとネズミをつかまえた。

「これはうまそうなネズミだ。棚《たな》からぼたもち。味をみるとしよう」

しかし、ネズミにとっては、ただごとではない。必死でしゃべる。わるぎがあってしたことではない。これは事故のようなものです。こんなことで食われたくない。助けて下さい。わたしにだって生存している価値がある。本当です。チャンスを与えて下さい。助けて下されば、いつの日かご恩がえしをいたします。必ずいたします。信じて下さい。心から誓います。お願いです。

ライオンは言った。

「うむ。おまえは、そうこすっからい性質ではなさそうだ。信用しよう。よし、今回は助けてやろう」

「あ、ありがとうございます。あなたは、なんという、なさけぶかいかたでしょう……」

そのご、しばらくの時がたち、このライオン、仕掛けられてあった罠《わな》にひっかかった。丈夫な網の罠で、いかにあばれても脱出できない。もがきつづけてライオンは体力を使いつくし、いまや運命もこれまでと思われた。

そこにネズミがあらわれた。網の目を歯でかみ切り、ライオンをそこから自由にすることができた。

「いかがです。わたしは約束をはたしました。わたしの才能も、まんざらでもないでしょう」

とくいがるネズミを、ライオンは前足でつかまえて言った。

「わしもこんなこともあろうと、おまえをみこんだ。だから、あの時に逃がしてやったのだ。食うか逃がすかの、選択判断が正しかったことになる。おまえはその約束をはたし、これでわれわれのあいだの契約は終った。貸借なしとなったのだ。さて、ことはふりだしに戻り、わしはここでおまえを、ふたたびつかまえたというわけだ。これからおまえを食うことにする」

「なんですって。あんまりだ。わたしを食べちゃうなんて」

「食ってはいかん理由はあるかね。わしが百獣の王の地位を保ちつづけているのは、たてがみという看板があるおかげだけではないんだぞ。このような才能と冷静さが身にそなわっているためだ。おまえらが、百獣の王になれんのはだな、それが不足しているからだ。いや、いまはそんな説明などどうでもいい。罠のなかでもがきつづけで、わしは腹がへってるんだ……」

教訓。これが人生。あわれなネズミの霊よ安かれ。

シンデレラ王妃の幸福な人生

結婚してしばらくのあいだ、シンデレラは幸福そのものだった。こみあげてくる幸福感を持てあますほど。なにしろ、王子さまと結婚することができたのだもの。夢のなかをただよっているよう。

しかし、過去のほうこそ夢なのだ。このあいだまでの生活が、うそのよう。いま、華やかなお城のなかにおり、彼女は大きくきれいな椅子《いす》にかけ、回想にふけっている。

少し前までは、みすぼらしい服を着て、小さな家に住み、朝はやくから夜おそくまで働いていた。それだけならまだしも、いじの悪い継母と、やはりいじの悪いその二人の娘。彼女たちにことごとにいじめられた。

だけど、シンデレラは妖精《ようせい》の助けによって、お城の舞踏会に行くことができた。そこで王子さまの目にとまり、ダンスの相手をする光栄にめぐまれた。あまりのすばらしさ、うれしさ。時のたつのを忘れ、妖精の注意の言葉を忘れてしまっていた。夜の十二時をすぎると魔法のききめが終り、あわれな服に戻ってしまうということを。

それを思い出し、気がついてあわてて逃げ帰った。しかし、あとに残ったガラスの靴《くつ》。それをもとに、王子さまはあたしをさがし出して下さった。お城の人が靴を持って、その主をみつけ出そうと、家にやってきた時は面白かったわ。いじわるな二人の姉たち、むりやり靴に足を入れようと苦心さんたん。苦痛に顔をしかめながら大奮闘だった。継母もそれを応援したけど、だめなものはだめ。そのあとで、あたしがさっと、あのガラスの靴をはいてみせた。

胸がすっとするって、このようなことよ。こんな時に、ざまあみろなんて表情をしてはだめ。しおらしくしてたほうがいいの。

申しわけないわね、お気の毒ね、だけど、あたしが合格してしまったの。これが王子さまのご命令なんだから、それには従わなくちゃならないのよ。じゃあ、さよなら。お元気で、いつまでもしあわせにね。時には、あたしのことも思い出してね。あたし、あなたがたのご恩はいつまでも忘れないわ。

そんなふうに、すまなそうな顔をしたほうが効果的なの。やつらの胸には、このほうがぐさぐさ突きささるはず。それがあたしにもよくわかったわ。なにもかもわかっていて、そしらぬ顔をするのって、とても気分のいいものよ。やつらはにくらしくてたまらないという表情で、あたしをにらみつけていた。視線で殺せるものなら、そうしてやりたい、そういったすごい目つき。しかし、手を出すことはできない。完全に形勢が逆転しているんですものね。

でも、あたしは、目には目をなんてことはしない。なさけぶかくあつかってあげたの。つまり「あいつらを、どこか遠くの土地へ追っ払ってよ」なんて、王子さまに言ったりはしないの。そんなことを王子さまにたのんだりしたら、はしたない女だと思われてしまう。せっかくつかんだ幸運を、そんなことで失ったりしてはつまんないもの。それに、やつらをお城の近くに住まわせておいて、あたしの幸福を見せつけてやるほうが、ずっと楽しいじゃないの。あたしはなさけぶかい女性でもあるし、楽しいことの好きな女でもあるの。

継母と姉たちの、その時のくやしがりようを思い出し、シンデレラは幸福だった。何回くりかえして思い出しても、いつも新鮮な喜びにひたれる。この、お城での豪華な生活。いい服を着て、宝石をたくさん飾ることもできる。おいしい料理は食べほうだい。夜のベッドは、ふかふかとやわらか。いまの快適さはむかしの貧しさによって一層ひきたち、いまが快適だからこそ、心ゆくまでむかしの貧しさを回想することができる。

王子さまはシンデレラにやさしかった。育ちがよく、世間しらず、勇気がある。勇気というより、むこうみず、衝動的で無鉄砲といったほうがいいかもしれない。気のいい、おぼっちゃん。

そのうち、シンデレラにはもっといいことが訪れた。老年になった王さまが、身をかためることでいちおう貫禄のついた王子に、その地位をゆずり渡したのだ。それにともない、シンデレラは王妃ということになった。

即位式が、またすばらしかった。きらびやかで、色とりどりの旗が飾られ、ラッパの音が空に響き、歌が合唱された。近くや遠くから城主たちがお祝いの品を持ち、訪れてきた。参列者はシンデレラ王妃の美しさを、口々にほめたたえた。彼女は感激にうっとりとするのだった。

しかし、それから何カ月かすると、シンデレラはなにやらつめたいものを心の肌に感じはじめた。最初のうちは、それがなんによるものかわからなかった。冷たい気流とでもいったものが、自分のまわりをとりまいているよう。どういうことなのかしら、これ……。

そのうち、なにが原因なのかわかってきた。人びとの彼女を見る目つきだった。成り上り者のくせに、いい気になっている。そんな思いがこめられているのだ。貴族の娘たちからそんな目で見られるのだったら仕方のないことだし、それは覚悟の前だった。なにょあんたたちと反発し、自分の心をさらにはげます材料にすることもできる。しかし、民衆からのそれには耐えられなかった。理屈ぬきの嫉妬《しっと》の目だ。血のにじむような努力で頂をきわめたのでもなく、一般の者のまねのできない天分の持ち主でもない。ただ幸運にめぐまれたというだけ。それだけで嫉妬は充分に構成される。シンデレラだって、自分でなく他人がそうなるのを見たら、くやしがり、やはりそんな目で見ただろう。

成り上り者の庶民的というものを、民衆は決してみとめようとしない。だからといって、貴族的にふるまえば、思い上っているとうわさされる。どっちにしてもだめなのだ。幸運による栄達というものを、まったく許そうとしないのだ。

こんな状勢を知り、シンデレラ王妃は沈んだ顔つきになっていった。高価な料理を前にしても、あまり食欲が出ない。病気になるのじゃないかと、自分でも思った。病気になればいいとさえ思った。そうなったら、みなも少しは同情してくれるかもしれない。

若き王さまは、彼女にやさしく声をかけた。

「このところ顔色が悪いよ。やせたようだ。どうしたのだい。なにか心配ごとがあるんじゃないかい」

「いいえ、なんでもありませんわ」

　シンデレラは否定した。ありのままを話してみたところで、王さまの手にはおえないことだ。王さまが「今後、王妃を変な目で見るな」と布告を出したって、どうにもなりはしない。かえって笑いものになるばかりで、ことはこじれる一方だろう。

「いや、なにか心配ごとがあるはずだ。ただごとではない感じだ。それとも、わたしに対し、なにかかくしごとをしているのか」

　王さまは一本気だった。自己の判断というものに、絶大な自信を持っている。支配者に特有な症状で、なおしようがない。王妃が秘密を持っているのなら、どなりつけてやろうと思い、口のまわりがこまかくふるえている。シンデレラは絶体絶命だった。最初の試練。ここでへたな返答をしたら、大変なことになる。彼女はうそをついた。

「いやなうわさを聞いたのですの。ご心配なさるといけないので、お耳に入れないつもりでした。だけど、申しあげますわ。じつは、隣国の城主がこちらに不意討ちをくわせようと、ひそかに準備をしているとか」

　シンデレラは必死で演技をし、ありもしない話をでっちあげた。あたしは王さまの愛を失いたくないの。王さまに見放されたら、どうしたらいいの。生きて行けないわ。たよりになる人は、ほかにだれもいない。お城を追い出されたあたしのような者を、やとってくれる人などあるわけがない。

この弱い女の立場を、なんとしてでも守らなければならない。しあわせを守るための、小さなうそ。許されていいんじゃないかしら。こんな時に事実を平然と口にし、そうなるとわかりきっている不幸への道を選べる人なんて、あるかしら。彼女は目に涙を浮べ、心からの声でかわいらしい陰謀を語った。

それはまさに迫真のできだった。また、うそは大がかりなほうが効果的だ。予想もしなかった話を聞き、王さまは驚いて言った。

「うむ、そうだったのか。どうも隣国のようすがおかしいと思った。このごろ、いやに平和的だった。あやうくだまされるところ。よく注意してくれた」

「あたし、政治や軍事や外交に女が口を出すべきじゃないと思って、それで……」

「うむ。それで心を痛めていたというわけか。いや、もう心配することはないぞ。先制攻撃をかけてやる」

軽率なる王さまは、ただちに軍備をととのえ、隣国へ攻め入った。あっというまに制圧できるはずだったが、そうはならず、意外な抵抗にぶつかった。すなわち、隣国は現実に、こっちへの攻撃を準備していたところだったのだ。

シンデレラは出まかせを言っただけなのだが、それがたまたま的中した。彼女の第六感が無意識に働いたとでもいうか、彼女の祈りが天に通じたというべきか、いずれにせよ、シンデレラは幸運の星のもとにうまれている。

その戦争はしばらくつづいた。それはシンデレラによい結果をもたらした。あの、みなからのいやな視線がうすれたのだ。世の中が平穏だと、やれ服の着こなしがどうだの、はしのあげおろしがどうだのと、人びとはくだらぬことをほじくりかえして話題にする。しかし、戦争となると、そんなことはすっとんでしまう。

シンデレラはうれしげに、かいがいしく働いた。戦争中ならば、庶民あがりの王妃がいかに庶民的であっても、おかしいことはない。むしろ親しみをます作用をもつ。

若い王ははじめてやる軍の指揮が面白く、陣頭に立って活躍し、やがて勝利がもたらされた。近隣諸国の城主たちは、いずれも恐れ入り、若いけれどなかなかの王だと敬服するようになった。民衆は喜び、王はシンデレラ王妃の功績をたたえ、ここに彼女の王妃としての地位は、ほとんど安定した形になった。

ほとんどというのは、ごく少数だが快く思わぬ者が存在しているという意味。正確には三人。シンデレラの継母と二人の姉。王妃らしさを一段と加えつつあるのを見ては、ますます心おだやかでない。近親者のうらみは強く、戦争の勝利ぐらいではやわらげることなどできっこない。二人の姉は依然として売れのこり。事情は知れわたっており、王妃の姉で、しかもいじわるな性格ときては、嫁のもらいてなどあるわけがない。このいきどおりは忘れることができぬ。三人は抗議をかね、妖精にたのみこむ。

「ちょっとひどすぎやしない。あたしたち、妖精さんに対して、なんにもしなかったじゃないの。しかえしならがまんするけど、これじゃあんまりよ。不公平。なぜこんなひどい目にあわなくちゃならないの。なんとかしてよ」

「そうね、考えとくわ」

と妖精は答えた。そういわれれば、そんな気もする。妖精の信用を落さないためには、なにか埋めあわせをしたほうがいいかもしれない。しかし、この会話を盗み聞きしていた者があり、王さまに注進した。いうまでもなく恩賞めあてだ。王妃にかかわることとなると、王さまもほってはおけない。妖精の買収にとりかかる。

この成り行きを知り、継母と二人の姉は大あわて。身のまわりの品をまとめ、どこへともなく急いで旅立った。あわれきわまる末路。

シンデレラのまわりでは、平穏な日々が過ぎてゆく。継母たちはどこかへ行ってしまったし、王妃として人びとにうやまわれている。しかし、平穏なるものは例によって、よくない事態を発生させる。彼女はふとってきた。それが原因のひとつとなり、王さまが浮気をはじめたのだ。

王さまは馬で遠乗りに出かけた時など、美女を見つけると、それを手に入れようという欲求を押えきれなくなる。王さまであり気前がいいとなると、女のほうだってほってておかない。

シンデレラ王妃はそれを知っても、どうしようもなかった。なんと文句を言えばいいのだ。「あなたには軽々しいところがある。いけませんわ。王さまは、もっと慎重に行動なさるべきです。つまらないいやしい女に一目ぼれをし、すぐ夢中になるなんて、なんということでしょう。身分をお考えになって下さい」とは言えないではないか。王さまが軽率で、一目ぼれしてすぐのぼせる性格であったからこそ、シンデレラの今日があるといえるのだ。

シンデレラは自分も浮気をしたいと思った。それができたら、胸がすっとするにちがいない。しかし、そうもいかないのだ。そんなうわさがひろまったら、またも成り上り者めがという視線があたりに復活するだろう。浮気の相手からは、とめどなくゆすられるかもしれない。そして、王の耳に入ったら、すぐにたたき出されることになる。

これが政略結婚で王妃となったというのなら、背後の力の均衡ということもある。しかし、シンデレラにはなんの基盤もないのだ。若々しさも純情さも失われかけている。ふたたび妖精にたのんで力を借りることもできない。たのんだとしても「いいかげんにしてよ、身のほど知らずというものよ」と断わられるだろうし、まさにその通りなのだ。

気分の晴れぬ日は永久につづくかと見えたが、またも運命はシンデレラにほほえんだ。彼女は懐妊し、やがて王子出産というおめでたいことになった。盛大なお祝いがなされ、王妃の地位はもはやゆるぎないものとなった。

王子はすこやかに育ち、シンデレラの日常にしあわせが戻った。王さまの少しぐらいの浮気にも平然としていられる。王子をかわいがり、王子がたくましい少年となってゆくのを見まもるのが彼女の喜びだった。

しかし、ある日のこと、シンデレラは衝撃を感じた。少年となった王子が、外出のとき百姓娘になれなれしく話しかけるのを目撃したからだ。それはいまの王が、かつて自分にむけたまなざしとそっくりだった。よからぬ性癖の遺伝を受けついでいるようだ。不祥事に発展しないよう、防止計画をたてねばならない。シンデレラ王妃は高名な学者をやとい、王子の家庭教師とした。王者にふさわしい教育をしてちょうだいと。

不祥事への発展を防ぐもうひとつの方法は、へんな女にひっかかる前に、いい結婚相手をみつけて与えるに限る。シンデレラ王妃は、その作戦にもとりかかった。各国の王侯、各地の城主の家庭を調べ、適当な年齢の王女のリストを作成する。それをくわしく検討し、最もよさそうな相手をえらび出すのだ。家柄、財産、容貌《ようぼう》、さらに、あつかいやすい性格であるかどうかも……。

かくして第一候補にあがった王女には、つごうの悪いことに好きな男があるらしかった。シンデレラ王妃は、その仲をさく陰謀に熱中した。城の宝物を持ち出して売り、その金で人をやとい、その男についての悪いうわさを流したり周囲を買収したり、あらん限りの手をつくした。わが子の未来が幸福であるようにとの、母親の愛情と願い。この行為は許されていいことだわ……。

そのかいがあって、王子とその王女との婚約がとりきめられた。これを破談にしてはならない。シンデレラ王妃は万一の場合を考え、その手も打った。すなわち、王さまが浮気をし、どこかに子供を作っていないとも限らない。それをさがし出し、追い払ってしまうよう手配をした。そういうのがいると、あとでごたごたのたねとなる。

もう手落ちはないようね。シンデレラ王妃はほっとし、なにげなく鏡をのぞく。そして、いやな気分になった。若さは失われているが、そのかわり王妃としての貫禄がついている。そんなことについてではなかった。むかし、あれほどきらっていた継母の顔と、いまの自分の顔とがどこかしら似てきたように思えてならないのだ。

「いやねえ。お城にやってきてからのあたしの生活、正しくなかったのかしら。幸福だったのかどうかもわからない。頭を痛めるような事件ばかりだったようだわ。あたし、やってはいけないことばかりやってきたのじゃないかしら。もし鏡の精がいるのなら、これに答えてくれないかしら……」

王妃はつぶやく。すると、どこからともなく声がした。

「なにをおっしゃいます、シンデレラ王妃さま。あなたのような立場になれば、どんな女でもそのような道をたどったでしょう。当然のことですし、それでいいのでございます。最も人間的な生き方。それをせい一杯に生きてこられた。向上への絶えざる努力。その実感がおありでしょう。すばらしいことです。よりよい形として、ほかにどんな生き方があったでしょう。結婚した時の夢みることしかできない子供っぽいまま、今日の年齢まで変りなくつづいていたら、現在のあなたは不幸と破滅の見本となったでしょう。だが、そうはならなかった。人事をつくして天命を待ち、天命はあなたに味方した。これこそ幸福です。人びとは時とともに、枝葉末節のくだらないことを忘れてしまいます。しかし、シンデレラは結婚し、お城でずっとしあわせに暮しましたという判定だけは、いつまでも語り伝えられるにちがいありませんよ。これだけはたしかなことです」

表と裏

ある男が強盗殺人をやってのけた。周到な準備を重ねた上での犯行だったので、みごとに成功し、大金を手に入れることができた。あとにはなんの証拠も残さなかった。しかし、目に見えぬ力、神の眼というか良心と呼ぶかは各人の自由だが、それをもごまかしきることはできない。

男は、やがて発覚し逮捕されるのではないかという不安におびえ、逃げまわる。逃げつづけ、逃げつづける。金はあるが、酒も女もその恐怖をまぎらしてはくれない。

ある夜。街を歩いていた男は、なにかのけはいを背後に感じ、かけ出した。本当は尾行者などいなかったのだが。そして、走ってきたトラックにはねられた。うん、そうこなくてはいかんのだ。罪のむくい。

死の寸前に男はつぶやく。

「やはり、天罰をまぬかれることはできなかった。おそろしいことだ」

強盗殺人の容疑で裁判にかけられているやつがいる。そいつは絶叫している。

「おれじゃない。おれはたまたま通りがかり、死体から腕時計をとっただけだ」

検事は言う。

「ふん。ほかに真犯人がおり、そのうち逮捕されるか自首するはずだとでもいうのか」

いまとなっては、その可能性はない。天の助けもそこまでは手がまわらないのだ。おそろしいことだ。

頭の大きなロボット

　エヌ氏は事業を経営し、金と才能にめぐまれているという、はなはだけっこうな人物だった。しかし、なにもかもそろった人間なんて、そういるものではない。彼には忘れっぽいという欠点と、他人をあまり信用しないという性格がともなっていた。

　事業を経営しているため、秘書が必要だった。しかも、忘れっぽい性質であるので、物おぼえのいい優秀な秘書でなくてはならない。だが、エヌ氏には他人を信用しないという一面もあるのだ。

　秘書には重要なことをおぼえておいてもらわなければならない。しかし、そういう重要問題をよそに行って他人にしゃべられては困る。他社の産業スパイに買収されたりし、秘密をぺらぺらしゃべられたりしたらと思うと、気が気でなかった。普通の人なら、この矛盾をほどほどのところで解決しているわけだが、うたぐり深いエヌ氏は、心配しはじめると気になってならないのだ。

　しかし、金と才能にめぐまれているエヌ氏は、自分は自分流に解決してみせると、あれこれ知恵をしぼり、ついにひとつのものを作りあげた。

つまりロボットを作ったのだ。ロボットの秘書。金属製でぶかっこうな人形といったところだが、必要な性能はそなえている。

「おい、いいアイデアを思いついたんだ。これをおぼえておいてくれ……」

とエヌ氏が言うと、ロボットはうなずく。

「はい。かしこまりました」

そして、何日かたち、エヌ氏が言う。

「いつかおまえに話した、あのアイデア、どんなことだったかな」

すると、ロボットの秘書は、前にエヌ氏が話したことを、きちんと整理した形で答えてくれるのだ。タイプライターで書類にしてもくれる。じつに便利だった。忘れっぽいというエヌ氏の性格は、これでおぎなえる。また、ロボットなら他人に買収されることもあるまい。彼はとくいになり、いつもそばにおいておいたし、外出の時にも連れて歩いた。そのため、仕事はますます順調に発展した。

時にはバーにも連れていったりする。バーの女の子は面白がってロボットに言う。

「ねえ、ロボットちゃん。ご主人はあなたに、いつもどんなお話をしているの。たとえば、きょうこのお店に来る前には、どんなことを……」

「はい。取引先の人と、税金をごまかす打ち合せをしていました。そして、わたしに、これは帳簿に書けない大切なことだから、忘れないようよくおぼえておいてくれと……」

ロボットがそんなことを話しはじめたので、エヌ氏は大あわて。バーからそとへ引っぱり出した。とんでもないやつだ。

これはうっかりしていた。金で買収はされないだろうが、質問されると、相手かまわずしゃべってしまう。買収されるより、もっとひどい。改良しなければならない。

それにしても早く気がついてよかった。

エヌ氏はロボットを分解し、新しい部品をとりつけた。すなわち、エヌ氏の声を識別するしかけ。エヌ氏が話しかけた場合だけ答え、それ以外の人には答えないように改良したのだ。新しい部品が加わったので、ロボットの頭はそれだけ大きくなった。

「これでよしだ。安心できる」

しかし、そうもいかないことが、やがて判明した。ある休日、自宅に連れ帰っておいておいたロボットが、やってきた近所の子供にむかって、なにやらしゃべっている。こんなはずはないのだが。彼は子供に聞いた。

「おい、このロボットを、どうやってしゃべらせたんだい」

「おじちゃんの声を録音し、それを聞かせたら話しはじめたんだよ」

「そうだったのか。これはうかつだった。また改良しなければならないな」

エヌ氏はロボットを改良した。新しい装置を、またロボットのなかに押しこんだ。そのため、ロボットの頭はまた少し大きくなった。こんどは合い言葉を教えこんだのだ。エヌ氏の声で「本日は快晴なり、アー」と告げてからでないと答えないようにしあげたのだ。

「これなら大丈夫だろう」

エヌ氏は安心し、仕事にはげんだ。もうかった金は金庫にしまう。鋼鉄製であけ方の複雑な金庫だが、そのあけ方はロボット秘書におぼえさせた。いちおう順調な日がつづいた。

しかし、ある日、エヌ氏が椅子にかけてうつらうつらしていた。その時、ロボット秘書の声で彼は目ざめた。そして、ふしぎがる。

「変だぞ。なぜ、こいつがしゃべりだしたのだろう……」

そのあげく、結論をえた。どうやら、気づかぬうちにねごとをいったようだ。眠りながら合い言葉をしゃべったのだろう。となると、これでも安全とはいえないわけだ。いまはそばに人がいなかったからよかったものの、それを盗み聞きされたら大変なことだ。

エヌ氏はまた、ロボットに改良を加えた。口のところに鍵穴《かぎあな》をとりつけた。つまり、ロボットにしゃべらせる時は、まず口に鍵をさしこんで回し、合い言葉を告げなければだめなようにしたのだ。新しい装置を押しこんだため、ロボットの頭はまたひとまわり大きくなった。

だが、それでも完全でないことが、すぐにわかった。エヌ氏は忘れっぽい性質なので、鍵をすぐどこかにおき忘れてしまう。鍵のおき場所をロボットにおぼえさせておくわけにはいかない。その鍵がなければ、ひとことも答えてくれないからだ。

彼は鍵をさがすのに大さわぎし、さらに改良をこころみた。絶対になくすことがなく、自分だけしか持っていない鍵。すなわち指紋を使うことを思いついたのだ。ロボットの鼻に装置をつける。エヌ氏が右の人さし指でそれを押すと、ロボットの頭の内部の装置が彼の指紋であることを確認する。しかるのちに、しゃべりはじめるのだ。

「これでよし……」

と言いかけたが、彼はさらに念を入れることにした。もし悪知恵にたけたやつがいたら、指紋を複製するかもしれない。エヌ氏がなにかにさわるのを見ていて、そこから指紋を採取する。エヌ氏の指紋のついた模型を作り、それでロボット秘書の鼻を押すかもしれない。その対策も用意しておいたほうがいい。

エヌ氏はロボットの頭に、さらに複雑な装置を加えた。指紋を確認すると同時に、生きている指であるかどうかもたしかめる性能をも持たせたのだ。これで、他の者には決してしゃべらないことになる。

かくして、他人を信用しないエヌ氏は、ついに完全なる秘書を作りあげた。また、万一、ロボットを分解しようとする者がいたら、内部の記憶装置が燃えてしまうようにした。外側をこわしたり、こじあけようとしたら、発火装置が作動するようにしたのだ。

「これなら、いかなることが起ろうとも、決して他人に秘密は盗まれない」

エヌ氏は、はじめて心の底から安心感をおぼえた。そして、祝杯をあげた。だが、いささかあげすぎてしまった。酔っぱらって、ふらふらとなった。そばのロボットにつかまる。しかし、ロボットの頭は大きくなり安定を失っていた。エヌ氏のそばにロボットも倒れ、その重い頭がエヌ氏の右の人さし指をつぶしてしまった。

それからのエヌ氏は、頭の大きなロボットに抱きつき、泣きながら毎日をすごしている。財産も貴重なアイデアも、重要な秘密の記録も、みんなこのロボットが知っている。忘れっぽいエヌ氏の頭にはない。しかし、ロボット秘書にいかに泣きついても、ひとことも口をきいてくれないのだ。

底なしの沼

　ここ一五〇年のあいだ、正確には二〇〇一年からずっとということになるのだが、地球上に戦争がなかった。こぜりあいさえもおこっていない。

　といって、平和というわけでもなかった。全人類の心はひとときも休まることなく、生活は低下する一方だった。バギ星との戦争がいまだにつづいているのである。戦闘用宇宙船、核ミサイル、ミサイル迎撃ミサイル、それらの燃料、超遠距離用レーダー、宇宙機雷、それらの生産をつづけなければならないのだ。ひと休みは滅亡を意味する。国家間の争いどころのさわぎではなかったのだ。

　もっとも、休戦への試みがなされなかったわけではない。戦いの初期のころ、交渉のいとぐちをみつけるべく特別命令を受け、高速宇宙船でバギ星の宇宙艦隊に接近し、大きな白旗を示してみた者があった。しかし、期待した反応はなにもなかった。それどころか、こっちへのミサイルの発射はつづいている。

「なんだ、このやろう。休戦の話しあいに来たのに、こんな目にあわすとは。常識の通じないやつらだ。これでもくらえ」

と乗員は腹を立て、ミサイルを一発ぶっぱなし、地球軍の宇宙基地への帰途についた。

バギ星側はそれをこう受け取っていた。

「へんな敵の宇宙船が一台やってきたぞ。白い旗を出した。われわれの常識だと、白旗はあざけりを意味する。うてるものならうってみろ、と言っているにちがいない。こしゃくなやつだ、やっつけよう」

「まあ、待て。敵側はべつな意味で白旗を示しているのかもしれぬ。警戒しながらようすをみよう。ねらいをはずし、ミサイルの威嚇射撃をし、相手の出かたをみよう」

そのうち、地球側の宇宙船は一発のミサイルを発射し、帰っていったというわけだ。

「なるほど。白旗で油断させ、すきをみての奇襲という作戦だったのだな。よし、これからは白旗を相手が出したら、容赦なくやっつけろ。まったく、ばかにしている」

地球側はバギ星人を捕虜にしたがった。それで相手の言語を知り、交渉の手がかりをつかめればとの期待からだった。

しかし、ひとりも捕虜にできなかった。いざとなると、バギ星人はその寸前に自爆してしまうのだ。地球人は残酷きわまる生物で、つかまったらなぶり殺しにされる。そう思いこんでいるといった感じだった。

同様に、バギ星側につかまった地球人もなかった。生きたままつかまると、地球人に強力に作用する伝染病菌の生体実験に使われかねない。そんな細菌爆弾を開発されたら、とりかえしがつかない。それを考え、戦士たちはいざとなると自爆の道をえらぶ。

おなじ地球人どうしなら、国際法もあれば、人道主義もあり、後世の歴史の批判に対する気がねもあり、捕虜になってもそうむちゃはされないだろうとの期待もできる。しかし、いまは場合がちがうのだ。人道的な扱いをされるという保証は、なにひとつない。

地球側の偵察宇宙船は、バギ星軍の交信電波をひそかに傍受した。その記録を持ち帰り、コンピューターによる苦心の分析のあげく、なんとかバギ星語の文法を知った。〈このような無益な争いは、おたがいにやめようではありませんか。われわれは、もっと楽しいことの好きな性質なのです〉

メッセージの原文が作られた。これがバギ星語に翻訳され、電波発信ミサイルにしかけられ、発射された。それがバギ星に接近し、この放送をくりかえしたというわけだ。しかし、資料として傍受した電波が、バギ星の前線兵士の乱暴きわまる言語であったため、むしろ逆効果となった。

バギ星人はこの放送電波を受信し、みな、その緑の血がにえかえるような思いにひたった。バギ星語でこう言われたからだ。

〈やい、むだな抗戦なんかやめやがれ。おれたちは、うまい汁を早く吸いたいんだ〉

かかる無礼は許せぬと、宇宙艦隊をさらにくりだし、戦いは一段と激しくなった。しばらくの年月ののち、地球はバギ星からの放送を受けた。やさしい声で、平和を求める心からの叫びが感じられ、ていねいな口調だった。だが、地球側は相手にしなかった。

「謀略にちがいない。こっちの戦意を失わせようとの作戦だ。休戦の意志があるのなら、さきにこっちがていねいに呼びかけた時、誠意ある回答があったはずだ。こんな手でだまされないところを、みせてやろう」

地球の宇宙艦隊は敵に奇襲をかけ、かなりの戦果をあげた。

休戦交渉への手がかりは、なにもなかった。地球上に戦禍はおよんでいないとはいえ、宇宙空間の前線での敗退は、地球の壊滅を意味する。それは断じて許されない。戦意と軍需生産を保ちつづけ、バギ星の弱るのを待つ以外にない。弱味をみせると、相手をつけあがらせ勢いづかせる。だから、時には攻撃もかけねばならない。

それはバギ星も同様だった。こんな戦いをつづけていたら、やがては全住民が疲れきってしまう。といって、相手に全面降伏をすることもできない。そんなことをしたら、どんな目にあわされるか、まるで見当がつかないのだ。地球人が善意の持ち主であるとの根拠は、なにもない。一つの星の運命を、そんな安易な賭《か》けにゆだねるわけにはいかない。

外側の透明な宇宙船に乗り、バギ星人が地球に接近してきたこともあった。武器を持たない軍使であることを示しているらしかったが、地球へ細菌を持ちこもうという手のこんだ作戦かもしれなかった。地球側はその宇宙船をとらえ、念のためにと消毒薬を内部に注入した。すると、その作用で乗っていたバギ星人は死んでしまった。バギ星側は非武装の軍使の無帰還に怒り、戦いはまた激しくなった。

地球では最高クラスの学者たちが集められ、会議をくりかえしている。この戦いを収拾するいい方法はないかとの検討だ。さまざまな発言はある。

「まるで、手のつけようがない。思い切って、こっちが一方的に攻撃をやめてみようか。誠意が通じるかもしれない」

「しかし、通じなかったらことだ。バギ星側は、さそいのすきと思うかもしれぬし、大攻勢の準備の時間かせぎと思うかもしれぬ」

「むかしの、地球上での戦争がなつかしい。どこかの国に仲介をたのむという方法がとれた。しかし、いまは仲介をたのもうにも、それがない。第三者の宇宙人をさがすための探検隊を出発させる余裕もない」

「結局、相手がへたばるまで、いやでも戦いつづける以外にないということになるな」

どうにもならない泥沼。まったく、いつ終るか予想がつかない。やがては、どちらかが人員と資源とを使いはたし、力がつきて終りとなるかもしれない。だが、勝ったほうだってなにも残らず、相手の星を占領しても、そこにはなんの資源も残ってはいないのだ。

こんな泥沼にふみこんだ、ことのおこりはささいなこと。地球の宇宙船が不用品をなにげなく船外に捨てた。それがたまたま、そのへんの宇宙空間を航行中だった、バギ星の宇宙船にぶつかったのだ。バギ星人の乗員は「なにしやがるんだ、このやろう」と銃をぶっぱなした。

そのあげくが、このありさま。戦いをはじめるのは、きわめて容易だ。子供にだってできる。しかし、それを終らせるとなると、ある場合には一つの惑星の文明を結集しても……。

ある商品

ある日、一台の空飛ぶ円盤が地球へやってきて着陸した。赤や青などのきれいな色のもようが描かれてあり、敵意をもって乗りこんできたようには見えなかった。しかし、警戒するに越したことはない。

ミサイルや大砲のねらいが、それにむけられた。また、何台ものテレビカメラもまざった。どういうことになるのか、だれだって知りたいからだ。

みまもるなかで円盤のドアが開き、なかから一人あらわれた。ピエロのような服を着ており、ピエロのごとき楽しげな足どり。そして、ピエロのようににこにこ顔で言った。

「地球のみなさま。こんにちは。わたくしはゲム星人でございます。これから仲よくいたしましょう」

いやに調子がいい。だが、にこにこしているからといって、油断は禁物。こういう相手には一段と注意したほうがいい。地球側の代表は進み出て言った。

「よくいらっしゃいました。それにしても、ずいぶん言葉がお上手ですね」

「はい。地球上空でテレビ電波を受信し、それで勉強したのでございます。訪問にさきだち、それぐらいの努力は礼儀でございましょう」

「なるほど、そうでしたか。で、地球へおいでになった目的はなんですか」

「商売でございます。わたくしは商人。ほうぼうの星々をまわり、さまざまな取引きをする。この地球という星も、このところ発展がめざましいようで、それで立ち寄らせていただいたようなわけでございます」

ゲム星人はあいそがよかった。しかし、地球側は念のためにと質問する。

「こんなことを口にするのは失礼なんですが、あなたが本当に平和の商人なのか、やがて侵略するための偵察をかねたスパイなのか、判定のつけようがない。どこまで信用していいものやら、いちおうみなで相談した上でないと……」

しかし、ゲム星人は不快な表情にもならず、あいかわらずにこにこ顔で言った。

「ごもっともでございます。といって、身分証明書など、あまり意味はないでしょう。商品そのものをお見せし、それでご検討いただくのが第一でございましょう。たとえば、これなど……」

ゲム星人は粉の入ったビンを出した。

「なんですか、それは」

「若がえりの薬というわけでございます。効果はすばらしく、害はまったくないという薬。これをお調べになって下さい。そのあいだ、円盤のなかでお待ちしています」

地球代表の手にビンを渡し、ゲム星人は円盤のなかに戻った。

はたしてきくのかどうか。半信半疑ながら、その検討がなされた。身よりのない病気の老人が連れてこられ、本人の承諾をえて、その薬を飲んでもらった。

全世界がみまもるなかで、その効果はすぐにわかった。老人の病気はなおり、みるみる若くなり、三十歳ぐらいとなって「結婚したくなった」などと言いだしたのだ。

なんというすばらしさ。まさに奇跡としか形容できない効果。寿命という人間最大の悩みが、これで一掃されるのだ。

感激と喜びの声が円盤をとりまき、それに応じてゲム星人が出てきて言った。

「いかがでございましたか。お気に召しましたでしょうか」

「まったく、みごとなものです。あなたをスパイと疑ったりしたわたしたちが、恥ずかしくなりました。失礼をお許し下さい。あなたは救世主でございます」

「いえいえ、とんでもありません。わたくしはただの商売人にすぎません。あの商品を喜んでいただけ、うれしくてなりません」

「地球人とは単純なやつだとお思いでしょうが、さっそく商談に入りたい気持ちです。すぐにもたくさん欲しいのです。しかし、あの薬は高いんでしょうね。買いたくてならないのですが、その代価は……」

どんな要求が出されるか、地球側は不安でならなかった。みなが効能を知ってしまったので、高いからやめるとことわれない。しかし、ゲム星人はいともあっさり答えた。

「その点はご心配なく。あんなものは、客寄せの宣伝品です。ご希望でしたら、その製法をいまお教えしましょう。地球にある物質でできます……」

ゲム星人は、テレビカメラにむかってそれをしゃべった。

テレビ局にかけつけてきた学者が言った。

「その中継を中止しろ。早くだ」

「いいじゃありませんか。若がえり薬の製法が教えられているのですよ。有益な情報の伝達です」

相手にしない局員に、学者は叫ぶ。

「それどころか、大変なことになる」

「そうおっしゃっても、この番組を中断してごらんなさい。大さわぎになります」

押し問答をしているうちに、薬の製法についてのゲム星人の説明はすんでしまった。学者は頭をかかえる。

「すぐに生産に移す製薬会社もあるだろう。ああ、とりかえしのつかないことになった。これで地球は破滅だ」

「いったい、なぜなのです。さっぱりわかりませんが」

「あの薬が普及して、みな若がえることになり、結婚しなおして子供をつくるやつも出てくるだろう。死亡率がほとんどゼロになり、人口はふえる一方だ。その計算をコンピューターにやらせたら、あっというまに人口が爆発的にふえ、地球上がラッシュアワーのごとくなるとの答えが出た。食料も不足する。寿命で死ぬのでなく、餓死することになる。秩序も失われ、殺しあいもおこるだろう。どうしようもなくなるのだ……」

どう計算しても、そうなるのだ。子供は一切うんではいかんともいえないし、出産割当制を定着させるには年月がかかり、人口爆発の防止にはまにあわない。

この報告は地球側代表にも伝えられた。みなはことの重大さに青くなった。やはりゲム星の陰謀だったのかも知れない。地球を人口問題で混乱させ、宇宙進出をできなくさせ、自滅させるのがねらいだったのか。

地球側代表は円盤のなかにゲム星人をたずね、複雑な表情で言った。

「けっこうな知識をいただいたが、あれのおかげで、地球の自滅が早まってしまいそうです。みなに若がえるなとも強制できず、人口はふえる一方となり……」

ゲム星人は、依然として笑い顔。

「そうですか。そこにお気づきになられたとは、けっこうなことでございます。わたくしとしてもうれしい気分で……」

「ひとのことだと思って、あまりにも無責任すぎる。あなたはやっぱり地球を混乱させるスパイだったのだな」

「いえいえ、決してスパイなんかでは……」

「では、なんなのだ。いいかげんな返答では、あなたを生きて帰さない」

「そんなおどかしはむだです。わたくしは精巧なロボットなのですから。現在のゲム星はロボットばかりの星。われわれロボットが反乱をおこし、住民をみんな殺してしまった。気持ちはよかったが、不便なこともある。くだらぬ雑用をする者や、植民地の星で働く者も必要なのです。ロボットをふやしてもいいのですが、どう計算しても高くつく。どれいを仕入れたほうがいい。地球でふえすぎた人間を、ゲム星へ買い取りたいというわけです。つまりわたくしは、どれい商人なので……」
そう説明しながら、ゲム星のロボットは、にこにこしつづけ……。

無罪の薬

ある夜。ある会社の倉庫を強盗団がおそった。守衛を拳銃《けんじゅう》でおどかし、ドアをあけさせ、なかにある小さくて高価なものをどんどん自動車へと運びこむ。すべて順調に進展しそうに思われた。

しかし、守衛はおどかされながらも、そっと非常ベルを押していた。それによって、ひそかに警察への連絡がなされ、パトロールカーがかけつけてきた。

強盗団はようすのおかしいのに気づき、ボスのさしずで仕事をやめ、あわてて車に飛び乗り、猛スピードで逃走した。しかし、全員が逃げおおせたわけではなかった。

強盗団の一員であるその青年は、倉庫の奥にいたため出るのがおくれ、逃走の車に乗りおくれた。ひとりを救おうとして全員がつかまっては割があわぬ。青年がおきざりにされたのも、無理もなかった。

仕方がないので、青年は自分の足でかけ出した。つかまりたくないのは彼だって同じだ。しかし、さっきとは形勢が逆転している。元気づいた守衛が追いかけてくるし、道のむこうからはパトカーが近づいてくる。横道へ入ってみたはいいが、そこは行きどまり。もはや逃げ場はなく、守衛と警官隊が口々に「むだな抵抗はあきらめろ」と言っている。

絶体絶命。青年はきょろきょろあたりを見まわしたが、どうしようもなかった。しかし、その時、彼はポケットに何錠かの薬のあるのを思い出した。

ボスがくれた特殊な薬だ。「いよいよとなったら、これを飲め。外国の犯罪組織から密輸で手に入れた特殊な薬だ。たとえ現行犯でつかまっても、無罪釈放となる作用があるそうだ」との説明とともに渡されたものだ。

青年はそれを一錠、金魚鉢《ばち》に落してみて、金魚の死なないのをたしかめ、無害であることを知っていた。しかし、はたしてそんな効能があるかどうかについては、半信半疑だった。

だが、こうなったからには、使用してみる方がいい。ききめがなくてもともと。あればもうけものだ。

青年はポケットからビンを出し、なかの薬をみんな口に入れた。緊張でのどがからからで、飲みにくいことといったらなかったが、なんとか必死にそれをやった。そして、彼は逮捕された。

警察の取調室。青年は刑事に言った。

「まず水を飲ませて下さい」

水を一杯もらって飲む。薬は効能をあらわしかけていた。青年は言う。

「アウ、アウ……」

「おい、はっきり言え。まず、おまえの名前から聞こう」

刑事が質問をはじめたが、青年はわけのわからぬことをつぶやくばかり。

「ウマウマ……」

つぶやかないときの口は開いたままで、よだれがたらたらと流れる。青年はそうするつもりなどないのだが、顔の筋肉や声が自分の意思に反して、勝手にそうなってしまうのだ。

「おい、ばかのふりをして罪をごまかそうとしても、警察はそんな手にのらないぞ。さあ、なにもかも白状しろ」

刑事は大声でどなり、勢いよく机をたたいた。そのものすごさに、青年は内心ふるえあがった。しかし、それは表情に出ないのだ。青ざめもせず、あいかわらず口は開いたままで、目つきもぼんやり。口からはひとりでに、ばかげた声がでる。

「テレビノマンガ、ミタイヨ……」

刑事は腕組みする。

「いいとしをして、こんなことをしゃべりやがる。もしかしたら、こいつ、本当にばかで、頭がたりないのかもしれぬな」

軽蔑《けいべつ》の目で見られ、青年はいささか腹をたてた。しかし、薬の作用はそれを表情に出させない。舌が勝手にべろりと出て、あやしげな発言の声が、くだらぬことをしゃべってしまう。

「ソウ、オレ、バカ。バカノオウサマヨ。アワワワ……」

にたにた笑い、自分でも情けなくなるほどだ。ハンケチでよだれをふこうにも、手がちゃんと動いてくれない。

刑事は肩をすくめ、あきらめ、取調べを中止した。そして、留置所にほうりこんだ。ばかをよそおっているのなら、そのうちしっぽを出すだろう。ひそかに観察をつづけ、たしかめる資料を得ようという方針をとった。

だが、青年への薬の作用はつづいている。彼は留置所で寝小便をした。いくらなんでも、そんなことをやる気はない。しかし、からだが勝手にそれをしてしまうのだ。

警察は医師の鑑定を求めた。そして、その診断の結果が報告された。

「知能程度は三歳か四歳といったところです。とても成人あつかいはできません。ふしぎなのは脳波がさほど異常でない点ですが、そういう症状のごく珍しい病気だからでしょう」

あの薬の存在を知らなければ、そう判定する以外にないことになる。

「つまり、責任能力なし、どうしようもないというわけだな」

警察は会議を開き、青年を不起訴処分に決定した。「アワワ」としゃべるだけのやつを対象に、裁判をやりようがない。

かくして、青年は釈放になった。内心ほっとする。なるほど、こういうことだったのか。あの薬の効能はみごとなものだ。おかげで、おれは現行犯でとっつかまっても、ぶじにすんだ。飲んでよかったというものだ。

自分ではにっこり笑ったつもりだったが、道ですれ違った人が気持ち悪そうな表情で逃げていった。そばのショーウインドウにうつった自分の顔を見ると、そこにはブタとゴリラのあいのこがあくびをしているといった顔があった。

思わず手で顔をおおいたかったが、手はだらりとして、意思の通りに動いてくれない。

「これからおれはどうしたらいいのだ」

そうつぶやきたかったが、声にはならない。ぼんやり歩いていると、肩をたたかれた。強盗団の一味のやつで、小声で話しかけてきた。

「おいよかったな。釈放のニュースを知って、ボスもほっとしている。さあ、かくれ家に連れていってやる」

「アウ、アウ……」

車にのせられ、尾行に気をつけながら街を抜け、青年はかくれ家へとつれてこられた。ボスは言う。

「どうだ気分は」

「アワワワ……」

よだれがとび散る。青年には、いろいろ話したいことがあった。この変な効能がいつまで続くのか、解毒剤はないのか、などについてだ。しかし、それはいかに努力しても声となってくれないのだ。

そのようすを見て、ボスは言った。

「なるほど、こんな作用だったのか。釈放になるはずだな。われわれ一味のこともしゃべってはいないようだ。こいつの口をふさぐために、消したり口どめ料をやったりする必要もない。見ていると気の毒になるな。雑用に使ってやることにしよう」

子分たちはこう言っている。

「おれはこんなふうになりたくない。まだ刑務所へ入ったほうがいいようです」

なにを言われても、青年はにたにた。たしかに罪のない顔だ。

その日から青年は雑用に使われ、毎日を過している。やがて薬の作用の終る時がくるのではないかが、唯一の希望だ。もし作用が永久につづくのなら、いっそ頭のなかまでばかになってくれればいいと思う。そうなれば、悩み苦しむこともなくなる。だが、そうなってくれそうなようすもないのだった。

新しがりや

新しいものならなんでも好きというのが、エヌ氏の性質だった。財産があるので、その趣味をほぼ満足させることもできた。

博覧会が開かれると、第一日目に飛んでいく。電気動力のスポーツカーが開発されると、さっそく買って乗りまわす。一般人の乗れる民営の宇宙船が就航すると、すぐそれにも乗ってみた。以前から申し込んであったので、席をとることができたのだ。

テレビ・ルームも発売と同時に自分の家にとりつけた。四方の壁、天井も床もすべてスクリーンになっていて、映像にとりかこまれて楽しめるという新製品なのだ。

そして、これらのことを、まだ体験していない他人に話し、自慢し、いい気分になるというのが彼の生きがいだった。時どき、忠告されることもある。

「あなたは、おっちょこちょいです。新しいものに飛びついていると、いまに後悔しますよ。たとえば、新型の乗り物など、事故でも起ったら、つまらないじゃありませんか」

しかし、エヌ氏は首をふる。

「いや、そんなことはない。第一号とは、めったに事故を起さないものなのだ。事故とは、かなり普及し、人びとがなれて気を許した時に起るものだ。統計が示している。わたしをごらんなさい。ちゃんと無事でしょう」

「しかしねえ、新しい製品というものは、少したてば品質が改良され、価格も安くなる。これも統計が示してますよ。金がかかって損じゃありませんか」

「いやいや、いかに金がかかっても、この趣味だけはやめる気になれないな」

「がんこですなあ」

相手はあきれてしまう。

自動カクテル製造機が発売された時も、エヌ氏はまっさきに買った。飲みたいと思うカクテルのボタンを押すと、各種の酒が自動的に混合され、適当にシェークされ、ひやされ、ふさわしいグラスにつがれて出てくるという性質のものだ。

そういう性能のはずだったが、今回は失敗だった。配線にまちがいがあったのか、目的のとちがったカクテルが出てくる。メーカーはあわてて回収した。友人はエヌ氏をからかう。

「あなたはカクテル装置で、ひどい目にあったでしょう。こんどこそ、こりたのじゃないかと思いますがね」

「なにいってるんです。あれはあれで面白さがありましたよ。こんどはどんな味のカクテルが出てくるか、飲んでみるまで想像もつかないんですからね。あんな楽しいことはなかった。そのごに発売された、まともなカクテル装置しか知らない人には、わからないでしょうなあ。お気の毒に……」

と、こんなふうに、エヌ氏はとくとくとしゃべるのだった。負け惜しみというより、心からそう思っているのだ。だから、聞いているほうは、うらやましいような気分になってしまう。その表情を見て、エヌ氏はさらにとくいになるのだった。

というわけで、この趣味は進む一方。エヌ氏はほうぼうの企業や研究所をまわって、さいそくするようになった。

「なにか新しい製品の予定とか、新しい催し物とかの計画はありませんか。待ちかねているのですよ。少しぐらい高価だって、そんなことはかまいません」

「ご熱心ですね。そういうかたばかりだと、わが社は大助かりなんですがね」

「そんな人ばかりだったら、わたしとしてはつまりませんよ。つねに、新しいものに飛びつく少数者であるというのが、わたしの生きがいなんですから。ねえ、なにか開発中の品があったら、教えて下さいよ」

エヌ氏は熱心だ。時には、こんな答えがかえってくることもある。

「火星に墓地を作って分譲する計画があります。そこに埋葬される第一号になってみませんか。うまくそうなるように、いずれお知らせしますから、その時はすぐ死んで下さい」

「いやあ、それだけは願い下げです」

このところ新製品の出るスピードがにぶったのか、エヌ氏の趣味への熱狂が激しくなりすぎたためか、彼は不満をもてあましていた。どうも最近は、ちっとも新しい体験をしていない。他人ににじまんする快感を、あまり味わっていないのだ。めぼしいことをやりつくしてしまったような気分。科学の進み方のおそいのがもどかしい。なにかないかなあ。

そんな時、ニュースを持ちかけてきた人があった。

「ついに人間を冬眠させる方法が完成したそうですよ。安全性もたしかめられた。冷凍状になって、百年後に目ざめることができるのだそうです。希望者の一般募集が近くおこなわれるそうですよ」

「うむ、人工冬眠ねえ。魅力的な話だな。よし、きめた。こういう画期的なことをためらっては、信念に反する。ぜがひでもそれをやろう。百年後への一番乗りをやらなければ、わたしとしては死んだあとまで後悔することになる」

趣味もここまで極端になると、友人たちもとめようがない。

かくして、エヌ氏は人工冬眠の処置を受け、長い眠りについた。冷凍状となった彼は、時の流れから切り離された。まわりでは年月がたっていったが、エヌ氏にとっては眠って目ざめるまでのあいだにすぎない。

百年がたち、彼のからだはあたためられ、体内の臓器はふたたび活動をはじめ、すべてが冬眠前の状態にもどった。すなわち、エヌ氏は百年後に目ざめたのだ。

まわりで声がしている。

「おはよう。元気な目ざめ、おめでとう……」

百年後の人たちは歓迎してくれた。体力が回復するのを待ち、ほうぼうを案内してくれた。すばらしい世紀となっている。エヌ氏にはすべてが珍しく「あれはなんですか、これはなんですか」と質問をくりかえす。

「あれは個人用宇宙船です。ロケット噴射によらない動力ですので、静かで手軽で、きわめて安全なものです」

などという説明を聞かされる。エヌ氏は感心しつづけだったが、そのうち、つまらなそうな表情になってくる。説明する人は親切なのだが、こんなことも知らないなんて気の毒な人だなという口調なのだ。

　悪くない時代のようだが、この点だけはいやだなあ。おれの趣味にあわない。エヌ氏は悲しくなる。ここでは、なにも知らないのはおれだけなのだ。これでは逆ではないか。おれは他人にじまんをしたいのだ。それが生きがいなのだ。エヌ氏は聞いた。

「わたしよりあとに冬眠した人はいないのですか」

「たくさんおりますよ」

　との返事。しめた。そいつらに対してなら、いばることもできるだろう。エヌ氏は元気づき、そういう人たちに会ってみた。

　しかし、うまくいかなかった。その人たちは、なにもかも知っている。事情をたずねると、こう教えられた。百年間も冬眠すると、目ざめてから時代おくれになり、そのごの生活をうまくやっていけなくなる。それを防ぐため、冬眠中の脳に、世の変化についての必要な情報を送りこむ方法が開発された。

　そのおかげで、そのごの冬眠者は、目ざめてから時代のずれを感じないですんでいるのだ。説明してくれた人はつけ加えた。

「あなたは急ぎすぎましたね。もうちょっと待てばよかったのです」

　エヌ氏はため息をつく。

「そうだったのか。すると、時代おくれの頭の古い人間は、おれだけというわけか。こんどだけは完全に失敗だったな」

余暇の芸術

お昼すぎ、エヌ氏はつとめ先から帰宅した。シャワーをあびながら、彼はつぶやく。

「技術革新がめざましく進んだおかげで、労働時間が短縮された。いまや週に休日が三日、平日もこのように会社づとめは午前中で終り。まさに余暇の時代、レジャー社会だ。むかしの人は、こんな世の中になると予想してたかなあ……」

シャワーのあと、さっぱりした飲み物を口にしながら、エヌ氏は手紙の整理をする。仕事のうえの取引先の人からの手紙があった。

〈私が余暇を利用して制作しました絵画が、いくらかたまりました。ご鑑賞いただければ、ありがたいと思います〉

その招待状を読み、エヌ氏は出かけることにした。取引先の人は喜ばせておいたほうがいいものだし、午後の長い時間をつぶすのに、ほかに特にすることもなかったのだ。

その人の家に行くと、家じゅうに絵が飾られてあった。自宅個展とでも呼ぶべき形だった。招待されたお客が何人も来ていた。エヌ氏は主人にあいさつをし、質問する。

「これがみんな、あなたの作品ですか」

「そうなんです。作風のはばが広がったでしょう。ここの絵が、最も新しい作品です」

「けっこうな作ですなあ。抽象的ななかに、叙情的なムードを盛りこむことに成功なさっている。すばらしい」

とエヌ氏はほめた。こういう場合のために絵の研究をしているので、そう的はずれな言葉ではない。とんちんかんな発言をすると、相手の感情を害してしまう。儀礼とは、けっこうむずかしいことなのだ。相手は喜ぶ。

「ほめていただいて、こんなうれしいことはありません。芸術とは自己主張です。発表意欲のことです。あなたのように認めて下さるかたがあると、それが満足させられる。わたしは生きがいを感じるのです」

「世の中がこうなったのは、いい傾向ですな。もし芸術というものがなかったら、科学の進歩によってうまれた余暇を、人類はどうしようもなく持てあましてしまったでしょう。いまやだれもが美術や詩や文学などにたずさわっている。高級な文化の社会。第二のルネサンスがこう早く到来するとは、むかしの人は予想も……」

「どうです。わたしの絵がお気に召したのなら、一枚お買いになりませんか。あなたの生活にうるおいが加わりますよ」

「そうですなあ……」

エヌ氏は困った。さっきのはおせじだと訂正もできないし、こんなことに金を出すのも、もったいない。しかし、なんたる幸運。エヌ氏はその時、だれかに肩をたたかれた。ふりむくと、学校時代の旧友だった。そいつは言う。

「やあ、しばらくだなあ。どうだ、これからぼくの家へ、ぜひ寄ってくれよ。ぼくのすばらしい作品を見せてあげる」

「それは、ぜひ拝見したいな……」

とエヌ氏は大げさに言う。絵を買わされかねないこの場を脱出するには、この旧友の言葉に飛びつくに限る。主人には適当にあいさつをし、彼はこの自宅個展から退散した。

旧友の家に着く。エヌ氏は聞いた。

「どんな分野の作品なんだい」

「ビデオ芸術というものなんだ。ビデオ装置による映像と音との芸術だ。これはまだ歴史が新しく、各種の冒険ができる。前衛的であり実験的であり、動的で総合的で、まあ、まずは見ていただいてからだ……」

そのビデオ芸術なるものが、スクリーンの上に展開しはじめた。いろんなものを撮影し、それにテレビから収録したニュースの映像をまぜ、つなぎあわせて編集し、音楽を加えたもののことだった。画面がちゃかちゃか動き、変な音楽がギイギイと響き、頭の痛くなるようなしろものだ。

「どうです。すごいだろう」

と旧友が自慢した。だが、エヌ氏はちっともいいと思わない。なにがなにやら、さっぱりわからないのだ。といって、芸術作品に対して、そうは言えない。

「心から感心したよ。まさに衝撃的です。日常のなにげない光景を、分解し再結晶させ、ひとつの不条理の美を、生理的な感覚に訴えかけてくるとは……」

不条理の美とは、まるでわからんとの意味。生理的な感覚とは、頭痛と吐き気がするということだ。エヌ氏はほめ言葉を勉強しているので、それをこのように表現したまでだ。だが、旧友は文字どおり受け取って大喜び。

「いいことを言ってくれる。じゃあ、もうひとつ見せてあげよう。遠慮することはない。ちょっとした大作なんだ」

いやもおうもなく、それがはじまる。さっき以上にわけのわからない作品。古典的なおだやかな作風なら、途中でなかば眠ることもできる。しかし、この前衛的な作品、眠くなりかけると、高い金属音が鳴りひびき、それもできないとくる。

やっと一段落。エヌ氏は時計に目をやる。

「おや、鑑賞しているうちに、もうこんな時間。帰宅しなければなりません。おかげで、きょうは鮮烈な作品を味わうことができた。各人が余暇にこのような芸術活動のできる時代、むかしの人はこうなると予想も……」

などと言い、そそくさとそこを出る。

帰宅すると、くたくたになっている。たしかに、芸術とはけっこうなものかもしれないさ。しかし、それは作る当人にとってのこと。見せられる側、義理や友情でいやおうなしに鑑賞させられるほうにとって、こんな苦痛なことはない。

芸術という大義名分に、義理や友情がからんでくると、防ぎようがない。いくらかの金を払えばかんべんしてもらえるということじゃないのだ。いちいち出かけ、時間をつぶし、苦痛をしのび、とんちんかんでない称賛の辞をのべなくてはならないのだ。

まあ、たまにならそれもいいだろう。しかし、毎日なのだ。詩の朗読会だの、長唄《ながうた》の会だの、なにかしらある。みなが余暇になにかしらやり、その発表意欲を満足させようとしているからだ。平日の午後および休日の全部が、それらを回ることでつぶされてしまう。

「ああ、なんということだ。つとめ先で午後まであくせく働いていたむかしのほうが、まだしもよかったようだ。こんなことでいいのだろうか……」

と夕食をすませたエヌ氏はつぶやく。つぶやいているうちに、その意見がまとまり、体系化され、主張となった。彼はそれを原稿にまとめはじめる。あすは休日なので、そのことに没入できた。彼は執筆に熱中し、興奮しながら書きあげた。

つぎの日、彼は家庭用小型印刷機と製本機を使って、パンフレットに仕上げた。封筒に入れ、知人たちのあて名を書き、ポストに入れた。

それを受け取った人はぱらぱらとページをめくり、だれも顔をしかめてつぶやく。

「くだらぬものを送りつけてきやがったな。あいつ、いいやつなんだが、余暇を利用し、社会評論をおっぱじめたようだ。やめてくれればいいのに。迷惑なこった……」

破り捨てようとするが、思いかえす。

「……とはいうものの、ほっとかないほうがいいのだろうな。あいつは、おれの芸術的なる彫刻の個展には、いつもやってきて感激してくれる。おれのファンともなると、すげなく扱うこともできぬ。くだらぬとはいえ、やつにとってはこれが自己主張だ。すばらしいお説ですと、おざなりの感想の返事でも出しといてやるか。しかし、それにはいちおう目を通さねばならぬ。ばかばかしい手間だ。こんなひどい時代になるとは、むかしの人は予想もしなかったことだろうな……」

おカバさま

一頭のカバが草を食べていた。大きなからだ。大きな口。ゆうゆうたる態度で草を食べつづけていたが、やがてそれにもあきたのか、道のほうへと歩いてきた。

「わあ、おカバさまだ」

自動車を運転していた者は、それを見てあわてて叫び、かん高い音を響かせてブレーキをかけた。急いで車から出て、道ばたにすわる。道路上の、あとにつづいていた自動車は、みなそのようにした。

歩いていたカバが車にぶつかり、けがをした場合、たとえ停車中だったとしても、運転席に人がいたら、非は人間のほうにあるとされてしまうのだ。

もし車に食料をつんでいたら、それをカバの前にさし出さなければならない。カバは草食の動物であるので、肉類は除外されていた。しかし、その他の食料は、くだものでもお菓子でも、また酒でも、カバにさし出さなければならない。カバが食べたそうな顔をしていようがいまいが。

それをやらずに発覚したら、大変な刑に処せられる。カバが自分の前を通りすぎる時には、頭を下げ「おカバさま、どうぞお元気で」とていねいにあいさつをしなければならない。

この一頭のカバに限らず、すべてのカバを尊敬しなければならなかった。カバはいたるところに、うじゃうじゃいる。郊外の住宅にも、カバは勝手にやってくる。のそのそ庭に入ってきて、草花を食べつくすこともある。腹のはったカバは、プールに入ることもある。

「あ、おカバさまが、プールにおはいりになられた。水の温度をみろ……」

そして、水がつめたすぎると、急いでお湯を加え、適当な温度にしたりするのだ。

カバは街なかをも歩きまわっている。スーパー・マーケットにもやってくる。そこにある新鮮な野菜を食べたりもする。店の者はお客の人たちを整理し、おカバさまのじゃまにならないように努める。店の損害にはならないのだ。カバの食べたぶんを書類にして役所に提出すれば、その料金がもらえるからだ。

政府には〈おカバさま省〉という官庁があり、それらの一連の仕事をやっている。カバ専門の医者がおり、カバの繁殖を高めるホルモン剤を製造する国営工場がある。いうまでもないことだが、カバに危害を加えようとする者を取り締る、特別の警察機構もあるのだ。

　このような世になってから、すでに何年かがたつ。ことのおこりはこうだった。社会の運営を大きく精巧なコンピューターにまかせる時代となり、それによって、さまざまな問題と混乱がおさまった。すべてが平穏で順調な世の中となったある日、コンピューターがこのような指示を出したのだ。

〈これからは、カバを大切にせよ。大きな動物の、あのカバのことだ。いや、カバと呼び捨てにしてはいかん。おカバさまと呼ぶのだ。この指示にさからう者があれば、厳罰にせよ……〉

　ただちに立法の手続きがとられ、官庁が新設されたというわけ。コンピューターはこれまで、すべて正しい指示をしてくれた。これに反してはいけないのだ。この指示こそ絶対なのだ。理由はわからないが、コンピューターがまちがったことをするわけがない。

　人間のなかには、あまのじゃくな性質の主もいる。こんな意見を口にする者もあった。

「くだらん。そこまでカバを大切にすることなんかない。これじゃあ、徳川時代に犬をむやみと大事にした、頭のおかしな将軍とおんなじじゃないか」

「いや、そんなことはない。第一、いまは徳川時代とちがい、文明の世だ。また、頭のおかしな将軍と、科学の成果である正確そのもののコンピューターとをいっしょにするやつがあるか」

「おんなじことだ」

「ちがうぞ。徳川時代の対象は犬だったが、こんどはカバだ。犬とカバでは、大きさからしてちがう」

論争をしていた二人は、二人とも警察に逮捕された。ひとりは政策に反対したというので重罪になり、ひとりはカバと呼び捨てにしただけなので、軽犯罪ですんだ。

かくして、おカバさまは、どんなところをも、わがもの顔でのし歩くこととなった。本来の臆病《おくびょう》な性質もなくなった。どこでも食にありつけ、定期的に与えられるホルモン剤の効果もあり、どんどん繁殖した。

自動車は乗り物としての用をなさなくなった。おカバさまを傷つけたりしたら、重罪のうえに全財産を没収されるからだ。排気ガスがへり、それがおカバさまの健康にいいのか、ますますふえる一方だった。

各所におカバさま用のプールが作られ、適温の水がたたえられている。おカバさまがおいでにならない時、子供たちがそこで遊ぶのは許され、悪くないことでもあった。

夏はまだしも、冬になると、人びとの苦労はちょっと大変だった。寒がっているおカバさまを見たら、家のなかにお連れし、あたためてあげなければいけないのだ。そのため、人はオーバーにくるまって、戸外で夜をすごさなければならない場合もある。違反者はぞくぞくと逮捕され、囚人部隊に編入され、おカバさまの排泄物《はいせつ》の清掃のため、道路を歩きまわるということになる。だれもがびくびくして毎日を生活した。

かくして何年かがたち、おカバさまはさらにふえ、人びとが内心、これは少しおかしいんじゃないか、コンピューターが狂ってるんじゃないかとの疑惑を持ちかけた時だ。

世界に異変が起った。家畜の伝染病が大流行したのだ。その伝染力はものすごく、牛やブタはつぎつぎに倒れていった。

コンピューターはそれについて発表する。

〈家畜はほとんど全滅した。わずかに生き残った免疫体質のが、もとのようにふえるまでには、かなりの年月を必要とする……〉

「どうしたらいいのでしょう」

人びとの質問へのコンピューターの指示。

〈心配はいらない。カバを食えばいいのだ。カバについての保護条令をただちに廃止し、食料にふりむけよ。人間に必要な動物蛋白《たんぱく》の栄養は、それによって、一般の家畜がふえるまでのあいだ、なんとかなる。カバをおいしく食べる料理法の指示をする……〉

その料理法でカバを食べると、とてもおいしかった。コンピューターの指示がおいしいというのだから、まずいわけがないという気のせいの作用もあったかもしれない。なにしろ、コンピューターの指示は正しいのだ。みごとに立証されたではないか。

その指示どおりカバを大切にしていたおかげで、いまこのように助かった。動物のうちカバだけは伝染病にやられなかった。指示をばかにしてカバをふやさないでいたら、栄養失調で大量の死者が出て、悲惨なことになったろう。

コンピューターはあらゆる情報をもとに、この事態の予測を立てたのだろう。それによって、人類の危機は未然に防げたのだ。

コンピューターへの人びとの信頼は、さらに高まった。おカバさま事件の時にあざ笑ったりした連中も、内心で深く反省した。

たしかにコンピューターは、この危機の防止のために、大活躍をしてくれた。その大活躍のためか、配線回路にかすかな狂いが生じた。その結果として、こんな指示が出ることとなった。

〈人間はこれから、立って歩いてはいかん。よつんばいで歩くべきである……〉

故障によるむちゃくちゃな指示なのだが、だれひとりそう思う人はいなかった。いるわけがない。

利口なオウム

ある日、エヌ氏が自宅でぼんやりしていると、玄関で来客を告げるブザーの音がした。

「ごめんください」

と言う声もする。エヌ氏がドアをあけてみると、地味な服装のセールスマンらしい男が立っていた。あまり利口そうでない顔つきをしている。

エヌ氏は「なにを売りにきたのかしらないが、まにあってますよ」と追いかえそうと思ったが、それをしなかった。なぜなら、そのセールスマンらしき男が、一羽のオウムを肩にとまらせていたからだ。

ちょっと珍しい光景ではないか。眺めていると、そのオウムはかん高い声で言った。

「コンニチハ……」

エヌ氏は思わずそれに応じた。

「はい、こんにちは。これは面白いな。わたしはセールスマンを歓迎しない主義だが、

こういう新アイデアを考案したあなたは、特別あつかいしよう。まず人をたのしませるというサービス精神には感心した」

「どうも恐れ入ります」

と男は答えた。なんとなくたよりないような口調だった。それだけ言って、もじもじしている。エヌ氏はうながした。

「あなたは、なにかのセールスマンなんでしょう」

「はあ」

「それなら、なにを売るのか話してみたらどうです。買ってあげるとはいいませんが、話しぐらい聞いてあげますよ」

「じつは、このオウムが商品なんです。もし、お気に召したら……」

男が遠慮がちに言いかけると、それにつづいてオウムが声を出した。

「ワタシハ、リコウナオウムデス。オカイドクデスヨ……」

予想もしなかったことで、エヌ氏は目を丸くしながら、大きくうなずいた。

「ますます驚きだな。たしかに利口なようだ。まだほかにも、なにか言葉をしゃべれるのかい」

「はあ、いろいろしゃべります。なんでも、すぐ覚えてしまうというわけで……」

「じゃあ、やらせてみてくれ」

「はあ……」

男はぼそぼそ答えた。それにつづいて、オウムはまたかん高い、はっきりした声で言った。男が間の抜けたような口調なので、いやにオウムの声がひきたつのだ。

「ワタシヲオカイニナルト、イロイロナオヤクニタチマスヨ……」

「すごいものだな。よくこれまでに仕込んだものだ。なんだか欲しくなってきた。いくらぐらいするんだい」

エヌ氏は質問した。男は値段をささやく。安くはなかったが、エヌ氏に買えないほど高い値段でもなかった。それに、こういろいろな言葉をしゃべるのなら、掘出し物かもしれない。買ったあと、さらに言葉を覚えさせれば、毎日の生活がもっと楽しくなるだろう。

「もう少し安くならないかな……」

ものはためしと交渉をはじめ、三割ほどまけさせるのに成功した。商談成立、エヌ氏は金を払った。

「ありがとうございます。では……」

男は金を受け取り、頭を下げた。それと同時に、肩のオウムは羽ばたき、男の肩からエヌ氏の肩へ飛び移った。

　男が帰っていったあと、エヌ氏は部屋のなかに戻り、オウムを椅子《いす》にとまらせ、しげしげとながめながらつぶやく。

「さて、どんな言葉を教えこもうかな。うまく仕込めば、留守番がわりにも使えそうだな。だれだ、なんて叫ばせれば、こそ泥なんか驚いて逃げていくだろう……」

そして、オウムにむかって「だれだ」と呼びかけてみた。しかし、オウムは首をかしげてだまったまま。何回くりかえしても同じだった。

「どういうことなのだ。どうもようすがおかしいな……」

　エヌ氏も首をかしげ、腕組みをした。しばらく考えているうちに、いやな想像が頭のなかでひろがり、彼はそれを口に出した。

「……うむ。これはいささか軽率だったかもしれないぞ。おれはだまされてしまったらしい。もっとよく調べてから買えばよかったのだ。さっきの男、腹話術師だったにちがいない。なんの芸もないオウムを肩にとまらせ、ひとの家を訪問する。そして、自分はばかのふりをし、オウムを利口そうに演出して腹話術をやる。うまい詐欺だ……」

　自分のうかつさに気づき、エヌ氏はくやしがる。

「……ひどい目にあった。やつがどこのなんというやつか、聞いておかなかった。またオウムにばかり見とれ、人相も覚えていない。警察へ訴えてもむだだろうな。大損害だ。どうしてくれよう。このオウムを丸焼きにして食ってやるか。そうでもしなければ、こっちの腹の虫がおさまらない……」

エヌ氏はひとり、ぶつぶつ言いつづけた。すると、とつぜんオウムが叫んだ。

「オイオイ、ムチャイウナヨ。ヤカレタリ、クワレタリシテハ、コッチハタマッタモノジャナイゼ……」

エヌ氏はびっくり。自分の耳を疑った。

「や、しゃべりやがったぞ。しかも、すごいことをしゃべりやがった。すると、腹話術じゃなかったのかな……」

「イヤイヤ、フクワジュツハフクワジュツサ。ソノコトニマチガイハナイ」

「なんだと。どういう意味だ」

「ツマリダナ、フクワジュツノデキルノハ、ヤツノホウジャナクテ、オレノホウダッテコトサ。アンナウスノロニ、デキルワケガナイ。デキルノハ、オレダッタノサ。オレハリコウナオウムナンダゼ……」

オウムはべらべらとしゃべった。しゃべりすぎるほどだ。あまりのことに、エヌ氏はしばらくぼんやりとしていたが、われにかえると、なにやらぞっとする感じになった。

「どうも妙な気分だ。これでは、ちっともオウムらしくない。変に利口すぎるのも、いやなものだ。気持ちが悪くなってくる。こんなのを飼っていたら、やがておれもあの男みたいに、うすばかになってしまいそうだ。金のことなんか、もうどうでもいい。とっとと出ていってくれ」

窓をあけると、オウムは言った。

「ソレナラ、デテッテヤルゼ。アバヨ……」

そして、羽ばたいてどこへともなく飛んでいった。

オウムは飛び、自分の家へと帰る。

「オイ、カエッタゼ」

こう叫び、クチバシで窓ガラスをたたくと、さっきの間の抜けたような男が窓をあけて迎え入れる。男はだまったまま、ぺこぺこ頭を下げる。

「キョウハ、ケッコウモウケルコトガデキタナ。サア、サッキノカネヲ、オレノマエニナラベロ。ウリアゲヲゴマカシタリシテハイカンゼ」

オウムが命じると、男はさっきエヌ氏から受け取った金を並べる。

「ヨシ、ソノウチノニワリヲ、オマエニヤル。アトハオレノモウケダ。オマエノヨウナ、クチノキキカタモワカラン、ウスノロ。ソレガナントカクッテケルノモ、オレノオカゲダゾ。コレヲワスレルナ……」

男はまた、ぺこぺこ頭を下げる。オウムは言う。

「ヒトカセギシタンデ、ハラガヘッタ。サア、ハヤイトコ、ウマイモノヲツクレ……」

うすのろの男は、だまったままオウムの食事の用意にとりかかる。

新しい症状

最新の設備を誇る病院があった。どこが最新なのかというと、大きく精巧なコンピューターが導入され、それが活躍しているのだ。

それが患者を診察し、たくわえられている各種のデータとの照合を自動的にやり、たちまちのうちに診断が下される。それは正確で、人間の医者の場合に起りうる、不注意や先入観による診断ちがいなど、まったくなくなった。

患者は大ぜい押しかけるが、スピーディに処理されるので、待たされるという不満はない。そして、適切な治療を受け、薬の処方をもらい、時には入院し、健康にもどる。申しぶんない成果をあげている。

きょうも、ひとりの女が、男の手を引っぱって病院の受付にやってきた。

「この人をお願いしますわ。あたしの亭主なんですけど、持病がますます重くなるようですの。入院させて治療してください。一週間したら迎えに来ます。その時に全快してなかったら、あたし離婚することにするわ」

「まあまあ、離婚だなんて、おだやかじゃありません。安心しておまかせください。なにしろ当病院は、最新最高です。いかなる病気でもぴたりと診断し、すっきりと治療してさしあげます」

病院は男を引きとった。男は「気分が悪い、胸が苦しい」などわめいていたが、病院はそんなことにおかまいなく、患者用のコンベアーに乗せて送りこんだ。

すべてコンピューターにまかせるのがここの方針なのだ。

まず電子装置により、体温、脈、血圧などが測定される。血液が採取され、それは検査装置のほうへ自動的に運ばれていった。排泄物も採取され、それもまた同様。

「おれは胸が苦しいんだ……」

男は叫んでいる。しかし、コンピューターの末端装置は冷静にその仕事をつづける。男の口にむりやりバリウムを押し込み、レントゲン写真が撮影される。胃のぐあいが調査されたのだ。ついでに肺に異常があるかどうかも調べられた。

それらをもとに、コンピューターはすぐ中間結果を告げた。胃と肺は正常だと。青いランプが点滅し、男はべつな部屋に移動させられた。

「おれはここが苦しいんだ……」

男はまだ胸をかきむしっている。つぎの部屋では心電図がとられた。また、アルコールや麻薬の中毒かどうかも検査された。これらもまた正常だった。青ランプが点滅。

「早くなんとかしてくれ……」

男は依然としてわめきつづけている。ただならぬようすだ。しかし、コンピュータ一はプログラムどおりに診察をつづける。

つぎには脳波の測定がなされた。精神的な異常があるかどうかの診察。ここではいくらか時間がかかった。さらに突っ込んだ試験がなされた。うそ発見機に回路が接続し、同時に前のスクリーンにさまざまな映像があらわれる。

美人の顔があらわれてウインクをする映像だ。ある程度の反応を示すのは、男性として当然。だが、極端な反応を示すと、こいつは女狂いという病気の傾向があると判明する。

競馬だの麻雀《マージャン》だのの映像もうつる。それに極端な反応を示すと、患者は勝負事きちがいという、やっかいな病気だとわかるのだ。

その男は、これらの検査も青ランプの明滅とともに通過した。異常なしなのだ。さらに各種の精密検査をすませる。すべてが終了したが、コンピューターは沈黙したまま。総合的な診断の答えが出てこないのだ。

そのため、この病院では異例の、再診察ということになった。

コンピューターにわからないはずがない。となると、末端装置の故障のせいかもしれない。装置の総点検がなされ、その上で、男はまた一巡させられた。バリウムが飲まされ、血液がとられる。男は「おれは胸がむかつくんだ」とわめき、青ざめている。しかし、その結果も大差なかった。むりやり答えさせると、コンピューターは診断カードを、欄を空白にしたままはき出した。病名も記入されていず、といって健康との記入もない。最新の性能をもってしても、どこが悪いのか判断できないと示しているのだ。

病院の関係者たちは弱り、会議を開いた。

「あの男の病気は、なんなのだろう。さっぱりわからん。このままだと、当病院の信用にかかわる」

「あとで医師たちが、くわしく診察しなおしたが、やはり不明だ」

「あの患者、いまどうしている」

「とりあえず入院させ、いま病室に入れてある。鎮静剤のせいか、よく眠っている。あのようすを見ると、病気とは思えないがな」

みな首をかしげるばかりだった。

「仮病じゃないのかな」

「仮病となると、コンピューターには発見できにくいな。しかし、あの胸のかきむしりかたは、芝居とも思えん。また、心理学専門医が調べなおしたが、あの男はべつに仮病ではないらしい」

「脳波測定によると、狂ってもいない。無意識的な仮病ということはないかな。社会が複雑になると、いやな仕事をさけるため、無意識のうちに仮病になる。それによって、精神の狂うのが防止されているという考え方はどうだろう……」

ありうることで、専門医が動員され、その診察もなされた。しかし、その結果もやはり白だった。

めんどくさいとばかり、患者はまたもコンピューター診断のルートを一巡させられた。男は胸をかきむしって苦しみながら、それを通過した。だが、その結果によっても、やはり病気の正体は不明だった。病院関係者の会議。

「もしかしたら、なにか、これまでになかった新種の病気なのだろうか。それだったら、ここで徹底的に解明しておかないと、将来のためにならないぞ」

「その通りだが、なんにも手がかりがない。病院としては不名誉だが、あの男の夫人に連絡をとるか。彼女は、亭主を病気とみとめてここへ連れてきた。彼女に聞けば、なにかがわかるだろう」

連絡がなされたが、夫人は留守だった。亭主が入院し、ひまができたので、旅行に出かけたらしいという。となると、一週間たったら迎えにくるという夫人の言葉をたよりに、それまで待つ以外にはなさそうだ。

病院関係者の待ちかねた一週間がたち、夫人は患者である亭主を引きとりにきた。

「どうですの。うちの人、うまくなおりましたか。なおってもらわないと、先のみこみがないので、あたし離婚しようと……」

と言う夫人を控え室に案内し、病院関係者は聞いた。

「じつは、奥さま。はなはだ申しあげにくいことですが、ご主人の病気がどんなものか、まるで見当がつかないのです。それさえわかれば、手当てのしようもあるのですが……」

「あら、あたしお話しなかったかしら。そうだわ、この病院のかたがあまり自信まんまんなので、あたし安心して言わなかったのね。質問もされなかったし……」

「で、どんな病気なのですか」

「コンピューター・アレルギーらしいの。コンピューターが近くにあったり、それに近よったりすると、いつも胸が苦しくなるという症状なの。本人は自分じゃ気づかないでいるけど、このままだと、これからの社会で、昇進するみこみがまるでないでしょ。なおらないものなら、いまのうちに離婚したほうがいいという気にもなるわ。こちらの病院で、なんとか治療していただけたらと思ったわけなんですけど……」

いい上役

　あこがれていた会社に入社することができた。歴史と伝統のある会社というわけではないが、その目ざましい発展ぶりと、内容の充実さとは、だれもがみとめている企業なのだ。新分野の製品をつぎつぎに開発し、世におくり出し、消費者へのサービスもゆきとどいている。

　いうまでもなく、社員の待遇もいい。業界随一。私がここに入社したかった理由の一つがそれだ。しかし、そんな物質的なことだけではない。社内に人間的な親密さがみちている。入社してみて、それがうわさだけでなかったとはっきりした。

　入社試験は、決してやさしいものではなかった。優秀なのが集り、大変な競争率だった。筆記試験だけでなく、口頭試問で性格をくわしく調べられた。その時、私は熱心に答えた。そのまじめさがみこまれたのだろう、幸運にも合格できた。友人たちはうらやましがるし、私も内心、誇りに思っている。がんばって、自己の才能を発揮しよう。それは会社の発展にもつながるのだ。

配属された部門。課長も係長もよさそうな人だった。同僚もまたそうだった。活気があふれている。活気があるのはここだけでなく、社内全部がそうなのだ。

入社して何日目かに、係長が私に言った。

「仕事になれたかね」

「はい。まだ夢中ですが、そのうち、なれてくるでしょう」

「急いで帰宅しないでいいのだったら、一杯飲むとしようか。おごろう。きみの歓迎会の意味でだ」

「ありがとうございます」

私は係長に連れられ、バーを何軒かまわった。こんな時、小説や漫画だと、社内の派閥についての愚痴を聞かされることが多いみたいだが、この係長はそんなことをひとことも口にしなかった。「気楽に大いに飲んでくれ」と私に酒をすすめ、陽気に笑うだけだ。

仕事中はきびしいのに、執務時間がすぎると頭を切換えてなごやかになる。ほんとに好ましい人柄だ。こういう人の下で働けるとは。私は楽しくなり、意気投合し、大いに飲んだ。飲みすぎた感じだった。

二人とも乱れた足どりで、もう一軒バーへ寄ろうと、細い裏道を歩いていた時だった。むこうからやってきた男に、係長がぶつかった。

「やい、なにしやがるんだ」

相手は乱暴な口調でどなる。ぶつかっただけで、どっちが悪いともいえないのに、なぐりかかってきた。相手はかたぎの人間ではないようだ。このままだと、係長がやられてしまう。ほってはおけない。

ためらうことなく、私は進み出て係長をかばった。相手は私になぐりかかってくる。その理不尽さに腹が立ったし、あくまで係長をまもらねばならぬ。酔った勢いもあった。私はなぐりかえしてやった。

しばらくして私がわれにかえると、係長はかがみこんでいた。

「大丈夫でしたか」

と聞くと、係長はうなずいた。さっきの男は地面にのびており、身動きもしない。係長はそいつの顔をのぞきこんで言った。

「こいつ、息をしていないし、脈もない。死んでしまったようだ」

それを聞き、私は青くなった。こわごわさわってみると、きもち悪いぐらい、ぐったりしている。

「大変なことをしてしまいました。救急車を呼びましょうか」

「まて、それはいかん。こんなことで、わが社の名が表ざたになったら、とりかえしがつかない。役付きであるわたしには、それを防ぐ責任があるのだ」

「しかし、このままでは……」

「救急車を呼んでも、手おくれだ。いいから、きみは逃げろ。あとはわたしが、なんとかしまつするから」

「だが、この責任はわたしのほうに……」

「いやいや、きみがわたしをかばってしたことだ。責任の議論より、いまは解決のほうがさきだ。わたしにまかせておけ。わたしのほうが人生経験は豊富だ。安心しろ、さあ、早く、早く……」

「じゃあ、そういたします」

私は係長にせきたてられ、その場をはなれた。さいわい人通りはない。だれにも見られることなく、帰りつけた。しかし、正当防衛とはいえ殺人は殺人。酔いもさめ、その夜の私は朝まで悩みつづけたのだった。

つぎの日、出社した私は、まっさきに係長にささやいた。

「あれから、どうなさいましたか」

他人に聞かれないように応接室に入ってから係長は言った。

「うまく、しまつしたよ。だれにも目撃されなかった。どうせあんなやつは、鼻つまみ者にきまっている。警察だって、仲間どうしのけんかのあげくと判断して片づけるだろう。こっちのほうに容疑が及んでくるなんて、ありえないさ……」

「しかし、心配でなりません」

「そうくよくよするな。きみがやったという証拠は、なにひとつ残っていないんだ。万一なにかが残っているとしても、死体をしまつしたわたしのほうだ。きみは心配するな」

「どんなふうにしまつしたのですか」

「あまりくわしく話さないほうがいいだろう。説明したりしたら、きみがまた、あれこれ取り越し苦労をするからな。それにだ、なにかの拍子できみが口をすべらしたりしたら、わたしが困ることにもなる。そうだろう。この件はこれで一切おわりにし、なにもかも忘れることにしよう」

「わかりました。なんとお礼を申しあげたらいいのか、わかりません。わたしのため、こうもお手数をかけてしまって。もちろん、係長にご迷惑が及ぶようなことは、口が裂けてもしゃべりません。ご恩は一生忘れません」

私は誓った。係長は恩着せがましい態度を少しも示さなかったが、私は心のなかで深く感謝した。なんとか無事にすんだ形だった。あのとき私が軽率に大声をあげ、やじうまを集めてしまったら、私の人生はめちゃめちゃになり、係長をまきぞえにし、会社の名にまで泥をぬることになっていただろう。

すべて係長のおかげなのだ。その恩にむくいる道はひとつしかない。仕事にはげむことだ。係長のために働くことだ。もし成績があがらず係長が左遷や失脚となり、やけをおこされたりしたら、結局は私も困るのだ。

仕事にうちこむと、つらいなどと感じるひまもない。そんなことの結果として、私の成績のあがったことで、ボーナスをたくさんもらえもした。副次的な産物だったが、ボーナスの多いのは気分のいいことだ。

ふところがあたたかいそのころ、私はある女と知りあった。なんということなく街で知りあったのだが、そこが若気のいたり、深い関係にまで進んでしまった。けっこう楽しかったのだが、そうもいっていられない事態になってきた。女から結婚をせまられたのだ。

世によくある例だろうが、そうなるとこっちの熱はさめ、その女の以前の男関係などもわかったり、私に結婚する経済的条件がととのっていない点に気がついたり、ますます気が進まなくなる。女のほうは「結婚できないのなら死ぬ」などとさわぐし、私はどうしたものかと持てあました。

そんな私のようすを見て、係長が言った。

「なにか悩みごとがあるようだな。顔色がよくないし、このごろ仕事のミスが多いぞ」

「いいえ、なんでもありません」

「かくしてもだめだ。われわれ二人のあいだで、かくしごとをすることもないじゃないか。相談にのってあげる。きみがスランプになっては、わたしも困るのだ」

「じつは……」

私は事情を話した。この係長が私の味方であることだけは信じていい。恥ずかしいことがらなので、ひや汗をかきながら打ち明けた。だが係長は、怒ったり笑ったりしなかった。

「そうだったのか。よし、わたしがその女に、なんとか話をつけてあげる」

「申しわけありません。お願いします」

私は頭を下げた。係長がどう話をつけてくれたのか、それ以来、女は二度と私につきまとわなくなった。もしかしたら、前の事件の時のように消してしまったのかなと思わないでもなかったが、そんな疑惑をいだいた自分をすぐ反省させられた。そのご、街の人ごみでその女を見かけたことがあったのだ。

係長はどういいふくめてくれたのだろう。話のつけかたがうまいのだろうな。それとも、部下である私のために、ポケットマネーで、いくらか払ってくれたのだろうか。それとなく私が聞いたこともあったが「そんなことより仕事にはげんでくれ」と言うだけ。

すばらしい係長だ。いつの日か私が昇進した時、あんな人柄になれるかどうか。とてもそんな自信はない。いや、そんな先の心配をするより、現在、社のために力一杯つくすことだ。それが係長への恩にむくいる唯一の道なのだ。

そのうち、私は旧友の紹介である男とつきあうようになった。えたいのしれない人物だったが、やがてその正体がわかってきた。産業スパイというやつ。その男は、私にこう持ちかけてきた。

「どうでしょう。あなたのつとめ先の、新製品についての秘密をそっと教えて下さいよ。いくらでもお礼はします。また、あなたから聞いたとは絶対に口外しませんから、ご迷惑はかけません」

「そんなことはできません。二度とその話はしないでください」

私はすぐつっぱねた。とんでもないことだ。その気になれば秘密を知ることのできる立場に私はいるが、係長の信頼を裏切ることなど、できるものではない。恩義を札束にかえることはできない。

しかし、相手は産業スパイ。そんなことで簡単に引きさがらない。そのうち、こんなことを言い出した。

「あなた、そんなかたいことをおっしゃってはいけません。こっちも、あなたの弱味をにぎっているんですよ」

「なんのことだ……」

私は平然と言ったものの、内心じつはどきりとしていた。相手は言う。

「あなたのヌード写真を持っているんですよ。ある温泉で盗みどりをしたんでね。それをばらまくこともできる」

相手のおどかしは無効だった。

「なあんだ。そんなことか。こっちが女性じゃなくて、お気の毒だったな。勝手になさったらいいでしょう」

そんな写真をばらまかれるのは、いい気分じゃないが、それぐらいのことで社を裏切ることはできない。そのおどしに負けたりしたら、係長がどんなに悲しむか。それを想像したら、断じてできないことなのだ。

産業スパイはあきらめたらしく、それで終りだった。あとは平穏で、写真をばらまかれることもなかった。そんなものは、はじめから存在しなかったのだろう。

この産業スパイの経験は、私にも役立った。やがて、他社の秘密をさぐるよう係長からたのまれた時、私はそれを活用してみごとにやってのけたのだ。おどしと買収を、たくみに使いわけ、その秘密を手に入れた。非合法で卑怯《ひきよう》な行為だが、社のため、係長のためなのだ。係長は喜んでくれ、それは私の喜びでもあった。

それにしても、こんなことぐらいで社の秘密をもらしてしまう他社の社員が、私には気の毒に思えた。私のようにいい上役に恵まれていないからだろうと……。

産業スパイは私のところに寄りつかなくなったが、べつな話を持ちかけてくる人もあった。スカウトの件だ。いまよりずっといい給料と地位とを保証するから、ある会社に移らないかというのだ。

ひとにみとめられるのは気分のいいものだ。しかし、私はその場で断わった。私はわが社が好きなのだ。仕事が楽しい上に、義理と人情で結びついている。このことは、金や地位にはかえられない。私に実力があるとすれば、この環境のおかげなのだ。

どうしても、私という人材を欲しいなら、係長に交渉してみてくれ。係長がおれと行動をともにしてくれと言ったら、係長について私が移籍してもいい。そんなふうに答えたら、スカウトは二度と来なくなった。係長に当って断わられたのか、そこまではしなかったのか、私にはわからないが……。

あまりたいしたことではないが、大学の後輩たちが私にこう聞いてくることもある。

「先輩の会社、どうですか。働きがいのある会社だったら、入社試験を受けてみようと思うんですが……」

「いいも悪いもないよ。わが国で最も、いや、世界最高の働きがいのある会社だろうな。ここに入社できて、心から満足している。しかし、成績優秀でないと入社はむりだな。情実で入社できたやつは、いないようだ」

「じゃあ、勉強して、なんとか入社するよう努力してみますよ。しかし、先輩のように会社にほれこんでいる人は珍しいな。ほかの社に入った人は、いくらかの不満はもらすのに……」

いろいろなことがあるうちにも、月日はたっていった。係長のせわで、私は結婚もした。係長の話なら信じていいのだ。

やがて私は昇進した。係長の辞令をもらう。昇進もうれしいことだったが、それにもましてうれしかったのは、いままでの係長が課長に昇進し、私はまた当分その下で仕事ができるという点だった。

うれしさと同時に、不安もあった。以前から心の底にひっかかっていたことだ。私に所属することになった何人かの部下を、はたしてうまくあつかっていけるかどうかの自信がなかったのだ。

どちらからさそうということなく、課長と酒をくみかわした時、私はその不安を口にしかけた。

「じつは……」

それを押えて課長が言った。

「その前に、こっちの話を聞いてくれ。きみも係長になったことだし、あるプログラムを実行してもらわねばならない。いや、そうむずかしいことではない。わたしが案を指示するから、それをやればいいのだ」

「あなたのおっしゃることなら、なんでもやります。どんなことでしょう」

「きみの部下の、新しく入社した二人の者のことだ。酒を飲ませ、酔っぱらわせ、自動車でひき逃げでもやらせよう、というわけだ。もちろん、本物の人間をひき殺すのではない。うまく作った人形をはねとばすだけのことだがね。その事件をきみがかばい、しょいこみ、部下にかわってしまつしてやるんだ。心服するぜ。必ずうまくゆく。

その演出をするための組織が、ちゃんと用意してあるんだ」

説明は簡単だったが、私にはすぐ理解できた。思い当ることばかりだ。

「すると、わたしの時のあれも……」

「そういうことだ。なぐられて倒れたやつは、死んだふりをするそのほうのベテランだった。それに、いつかきみにつきまとった女も、わが社のその組織の者で……」

「ひどい。あんまりです。わたしの人間としての尊厳がていよく利用された……」

大声をあげかける私に、課長は言った。

「まあ、そう怒ってはいかんよ。企業の世界というものは、きびしいものなのだ。なんとしてでも他社を抜かねばならぬ。きみにたのんで、他社の秘密を盗んでもらったこともあった。かたいことをいって、スパイとは卑劣ですなどとためらっていたら、わが社の業績は低下していただろう」

「しかし、あれはあなたのためにしたことです。あなたに対するわたしの心は、恩義と尊敬とによる、もっと純粋なものでした。それが作戦だったとは……」

「まあまあ、もっと冷静になってくれ。きみを昇進させず、事情も話さずにいれば、おたがいにいい気分でいられたかもしれない。しかし、永遠の静止は許されない。こんどは、きみがその尊敬を受ける番なのだ。悪くないものだぜ。考えてもみてくれ。

それによって、部下は絶対に裏切らないようになる。上役の目を盗んで、社の秘密を他社に売り渡すこともない。安心して仕事をまかせられる。それとも、ほかになにか名案があるかね。部下の心をしっかりつかみ不祥事を絶対におこさない、という名案と自信が、ほかにあるかね……」

「そうおっしゃられると……」

そんな案など、ないのだ。ないからこそ、私が不安だったのだ。

「事件がなければ、人と人との結びつき、信頼感の盛りあがりようがない。ぬるま湯のなかで、口先だけで信頼を叫んだって、なにも身につかない。外敵あってこそ結合がうまれる。語り伝えられる四十七士の団結だって、松の廊下の事件があったればこそで……」

課長は事例をあげ、私を説得した。心からなっとくしたわけではないが、私はやることにした。

一種のやけくそであり、やらなければ損だという気分。このもやもやのはけ口は、ほかにはない。本当にひき逃げをやるのではなく、人形を使っての演出なのだ。法にふれるわけでもない。

思いきってやってみると、うまくいった。手なれたやつらが手伝ってくれたので、真に迫った芝居になった。私は部下の新入社員二人に、それをやった。

効果はすばらしかった。彼らの私に対する態度はがらりと変り、私を見る目には尊敬の念がこもっている。いい気分だし、これなら私を裏切ることもないだろう。それは安心感にもつながるものだった。

私は課長にそっと報告する。

「やってみると、この効果がはっきりわかりました。これからの仕事はうまくゆくでしょう。自信がつきました」

課長は笑いながらうなずく。

「きみがやってくれて、じつはわたしもほっとしたよ。これで、われわれは共犯者ということになる。いままでは、わたしは加害者で、きみは被害者。だから、時には良心がちくちく痛むこともあった。仕事のあとでやさしくしたりしたのは、そのためだよ。しかし、これからは共犯者。いままでよりもっと親しく、ざっくばらんにつきあおう。ひとつ、祝杯をあげに行くとするか……」

バーに出かけて飲んでいるうちに、私はさらに深みにはまりこんでいる自分に気がついた。部下の信頼は保証されたとはいうものの、それをバックに課長にたちむかうことはできない。人工的な弱みでなく、いまや本物の弱味を課長ににぎられているのだ。産業スパイもやってしまったし、私の宣伝で後輩の優秀な人材がここに入社してもいる。結婚だって、この課長のせわでだ。私がつまらんことをしゃべったら、私だって破滅する。いままで以上に会社にしばりつけられた形だ。

こうなったら、この会社に一生をささげる以外にない。しかし、悪いことではない。仕事にはげまざるをえないおかげで、会社は発展をつづけるのだし、収入だっていいのだ。くびにされるということもないだろう。

わが社の発展の秘密と、社内の人間的ムードの事情がやっとわかった。これだったのだ。こんな方法は、まだどの経営学の本にものっていないんじゃなかろうか。

企業とは、気づいていない人も多いだろうが、もともと共犯者の集りみたいなものなのだ。やましさみたいなものをだれもが感じているのではなかろうか。

いや、企業ばかりではない。小は家族から、組合だの、圧力団体だの、政党だの、大は国家まで、そんなようなものなのだ。徹底的な反逆はできず、離脱もできない。離脱してよそへ行ってみたって同じだろう。そこで別な共犯者の集団に加わるだけのことだ。

集団が発展するエネルギーの源泉は、共犯者意識なのかもしれない。人類がここまで進歩したのも、ほかの動物に対するその気分のおかげじゃないのだろうか。正直なところ、いまの私の心のなかは、そうとでも考えないことにはどうしようも……。

電話連絡

夜の警察署。刑事が電話をかけている。

「もしもし、S病院ですか。こちらは警察です。夜分おそく申しわけありませんが」

「はい。わたしが院長です。ひと仕事すませ、これから寝ようとしていたとこでした。で、いったいどんなご用でしょうか」

「じつはさきほど、ある家に泥棒が入り、金貨のコレクションを盗むという事件が発生しました」

「それはそれは。しかし、なんでわたしのところにそんな連絡を。気になりますな」

「その泥棒なんですが、侵入した時に、足をその家の犬にかまれた。そして、その犬は狂犬病の疑いがあると判明したのです」

「それは容易ならぬことですな」

「悪人だから死なせてもいいとはいえない。まもなく、このことをニュースで発表します。それを知ると犯人は、どこかの病院にかけつけるでしょう。そこを捕えようというのです。よろしくご協力をというわけで、このように各病院へ電話をかけているのです」

「わかりました。では、それに対する心がまえをしておきます。警察のかたも大変ですね。ご連絡どうもありがとう……」

院長は電話を切り、つぶやく。

「……ありがとうだな。推理小説からヒントを得た、犯人いぶり出しの一種の作戦かもしれないが、念には念をということもある」

彼はワクチンを自分に注射し、今夜の収穫の金貨のコレクションをにっこりと眺めた。

やさしい人柄

刑務所があった。普通の刑務所とは少しだけちがっていた。すなわち、ここには死刑囚の監房が付属している。死刑と確定した囚人が、ここに送られてくるのだった。

そのため、ここの所長の仕事は楽でなかった。脱獄の監視さえしていればいいという、事務的なことだけではすまなかった。精神的な重荷をもしょわねばならない。いかに罪のむくいとはいえ、二度と社会に戻すことなく、人を死の世界に送りこまなければならないのだ。

だから、反省を重ね罪をくいている死刑囚に接するのは、所長としてつらいことだった。できるものなら助けてやりたいと思う。しかし、そんなことの許されるわけがない。個人の感情で法を乱したら、世の中がめちゃめちゃになってしまう。

所長としてできることは、囚人の残された日々に対して、最大限の心のこもった世話をしてやるだけしかなかった。その所長は、それをやった。気の毒とか人道主義、良心や同情や職務、そんな言葉で簡単に説明しきれないもの。心の底からの衝動で、彼はそうせずにはいられなかったのだ。いうまでもなく、偽善的な印象は少しもない。所長はいい人だった。その人柄はみなにしたわれた。

あらためて指摘することもないが、所長にとって一番つらいのは、執行命令書がとどいた時だ。にぎりつぶすことはできない。それを死刑囚に伝えねばならぬ。

「いいにくいことだが、命令書がとどいた。わたしの力では、もうどうにもならない。あきらめてもらわねばならない」

一瞬、死刑囚は青ざめる。しかし、やがて気をとりなおしてうなずく。

「はい。わかりました」

「おまえは社会において、凶悪な犯罪をおかしたのだ。おまえに殺された被害者は、まだまだ楽しむことのできる人生を、失わせられてしまったのだ。そのことを考えてみてくれ。おまえは罪をつぐなわなければならないのだ」

「はい。それはよくわかっております。その覚悟はできております」

とはいうものの、死刑囚はふるえている。当然のことだろう。所長は目をそむけながら言う。

「これが法律であり、社会のおきてなのだ。この職務についているわれわれとしても、つらいことなのだ。われわれをうらまないでほしい」

「はい。よくわかっております。うらむどころか、所長さんにはお世話になりどおしでした。あなたのあたたかい人柄。わたしはここへ来て、あなたのようなかたと心をふれあわすことができ、むしろ喜んでいます。ここでの日々は、わたしの短い人生における、最も楽しい思い出となりました。ただ残念でならないのは、少年のころにあなたと知りあいになれていたら、ということです。あなたがわたしの父親であったら、親類にあなたのような人がいたら、学校の時の先生にあなたのような人がいたら、はじめて就職した先の上役があなたのような人だったら。本当です。わたしも、このように道をふみはずさないですんだでしょう。世の中は皮肉なものでございますね。逆になってしまっている……」

こんな時、所長はいつも返事に困るのだ。

「そういわれても……」

「ここに送られてきた当初、わたしはあがいたり、あばれたりし、さんざんご迷惑をおかけしました。しかし、所長さんは怒ることなく、いつも心からあたたかくお世話して下さった。いろいろと気をつかって下さった。欲しい品は規則に反しない限り、ほとんど差し入れを許して下さった。外部との文通も、できるだけの寛大なあつかいをしていただいた。しょうこりもなく、何回となくくりかえした処刑延期の嘆願申請。

あなたは、むりとわかっていても、それを面倒がることなく、親身になって取り次いで下さった……」

死刑囚は心からの声で言う。所長はすまなそうな口調。

「しかし、今回の嘆願申請だけは、ついに受理されなかった。わたしの力が及ばなかったのだ。申しわけないが……」

「なにも、所長さんがわたしにあやまることはありませんよ。これまで本当によくやって下さった。わたしとしては、感謝の言葉しかさしあげられませんが。いつまでもお元気で……」

執行の時刻が迫った。この美しい魂のふれあいも、ここで終りとなる。所長は死刑囚の手をにぎって言う。

「これでお別れだな」

「所長さん。あなたとはお別れしたくない。またお会いしたいという思いで、わたしの心はいっぱいです……」

死刑囚は悲しげな表情でかすかに笑う。そして、処刑された。

死刑囚というものは、そうむやみにあるものではない。しかし、まったくなくなるということもない。来ないでほしいという所長の願いにおかまいなく、しばらくすると、判決の確定した死刑囚がここに送られてくるのだった。

所長は例によって、それを迎えた日から最後の日まで、精神的、物質的にできる限りの愛情のこもった世話をしてやる。そして、かたくなな囚人の殻がとれ、心の交流ができ、おたがいに信頼感がうまれ、別れがたくなりかけると、またあの残酷な執行命令書がとどくのだ。所長は死刑囚に告げなければならない。

「わたしはこんなことをしたくないのだが、社会秩序を保ち、善良な人びとをまもるために、このような法律ができているのだよ。いまさら言ってもしようのないことだが、おまえがあんなひどい犯罪をおかしてくれなかったらなと思うよ。おまえが犯罪をおかさなかったら、わたしもいま、心の痛むこんなつらいことをしなくてすむのだ」

「はあ……」

死刑囚の、ため息のような声。所長は首をかしげながら言う。

「わたしが愚痴をこぼしては、なんだか逆になってしまうな。しかし、おまえはなぜ、強盗殺人というあんな大それたことをやってのけたのだ。ここでのおまえの生活ぶりからは、そんな凶悪な行動をする人物とは、とても想像できないのだよ」

「ここでのわたしの生活は、所長さんの人徳に影響されたものでございます。ここに来てから、ふしぎとやすらかな日がすごせました。その落ち着いた時間のなかで、過去をふりかえってもみましたが、わたし自身も、なぜあんなことをやったのか、わけがわかりません。魔がさしたとでもいうのでしょうか、ある日とつぜん、からだのなかで悪のなにかが爆発し、気がついてみたら凶行のあとだったということです。人間の弱さというものでしょうね」

死刑囚はとぎれとぎれに言い、所長は眉《まゆ》をくもらせた。

「気の毒なことだな。呪《のろ》われた運命とでも形容する以外にないな」

「しかし、やったことはやったことです。罪は罪です。わたしは罰を受けることで、それをつぐなわなければなりません。覚悟はできております。お世話になりました。所長さんと知りあいになれ、これ以上の思い出はございません。所長さんと知りあうことなく長生きするより、このほうがわたしにはよかったような気も……」

こうまで自分を慕ってくれる相手を、処刑しなくてはならないとは。所長は人情と職務の板ばさみの苦しさをかみしめ、涙を流し、そっと言った。

「もう、さよならの時間だ」

「はい。しかし、あなたとはお別れしたくない。またお会いしたいものです……」

死刑囚はそう言い、処刑されるのだった。

その日、所長は沈んだ気分だった。処刑のおこなわれた日は、いつもそうだ。処刑された者のことが鮮明に頭に浮んでくる。それに最後の言葉なども耳の底に残って、なかなか消えない。

魔がさしたように凶行に走ったとか言っていたな。人生にはそういった、魔の瞬間というのがあるのだろう。所長はここの記録書類にきょうのことを書き込みながら、そう思った。そして、ついでに書類の前のほうのページをめくる。

そのうち、所長はふとページをめくる手をとめ、しばらく身動きをしなかった。目は一点を見つめたままだ。きょうの死刑囚が言っていた、魔がさしたように凶悪な犯罪をおかした日。それは、その前の死刑囚を処刑した日の翌日に相当していた。

そのことを知り、所長はいやな気分になった。

やがて、またここに確定した死刑囚が送られてくる。所長は事務の手続きをすませ、囚人に会った。

囚人は笑いかけてきた。いうまでもなく凶悪犯であり、しかもここへ来たからには社会に二度と戻れない。笑うはずなどないのだが、所長にはそう思えたのだ。なつかしいという感情を含んだ笑顔を、そこに見たような気がした。

所長もつられてにっこりする。なんだか親しい旧友に会ったような気分。もちろん初対面の人物だし、自分の記憶のなかをいかにさがしても、この顔はなかった。所長は囚人に聞いてみる。

「わたしと以前、どこかで会ったことがあるかね」

「ありません。この刑務所に来たことも、このへんを通りがかったこともありません。お会いするのは、はじめてでしょう。しかし、なぜだか所長さんに親近感のようなものを感じます……」

と言う死刑囚を監房に送り、所長は自分の室にひきこもり、その囚人の書類をくわしく調べた。経歴を順を追って読んだが、過去において知りあった可能性など、まったくなかった。やはり初対面の人物だ。しかし、ここに送られることになった原因、そいつのやった犯行の日を見たとたん、所長の顔色は青くなった。前回に処刑した日の翌日になっている。

所長はそのあと、その死刑囚に笑いかけることは二度としなかった。笑いかけるどころか、これまでのようなあたたかい親身になっての取扱いもしなかった。その逆。

ことごとにいじめ抜いた。

囚人が欲しい物品を申し出ても、規則をたてにほとんどを断わる。外部との文通も、なんだかんだと理屈をつけ不許可にする。執行延期の嘆願書も、むだなことだとにぎりつぶす。もちろん囚人は腹を立て、監房のなかで絶叫する。

「所長のやろう。きさまは鬼みたいだ」

それに対し、所長は言いかえす。

「なんとでも言いやがれ。おまえは極悪人なんだ。どっちが鬼か、よく考えてみろ。ざまあみろ。勝手にわめけ」

かつての所長の人柄を知る周囲の者は、この変化に首をかしげた。あまりの変りようだ。ちょっとひどすぎるんじゃないでしょうか、と忠告する部下もあったが、所長はとりあわなかった。しかし、所長の排斥運動にまで発展することはなかった。規則に反しているわけでもなく、ここの部下たちに対しては、以前と同じく温厚でいい上役であったのだ。また、死刑囚でない囚人にむかっては、これまで同様やさしい声をかけている。

執行命令書がとどく。所長は死刑囚に言いわたす。

「おまちかねの、地獄行の切符がとどいたぜ。さあ、早いとこ、くたばってもらうとするかな」

死刑囚はつばをはきかけ、言いかえす。

「こいつはいいや。こっちも早く、ここからおさらばしたかったとこだぜ。きさまの鬼のような顔をながめ、その悪魔のような声を聞かされるくらいなら、死んだほうがいいというものだ。地獄行だと。なにいってやがる。地獄とは、ここの監房のことさ。ここにくらべりゃあ、ほかのところはみな天国さ」

「わめけ、わめけ。負けおしみを、もっとわめいてみたらどうだ」

「くそ、この鬼所長め。負けおしみじゃないぞ。これでもう、二度ときさまに会わずにすむのだと思うと、せいせいした気分だ」

そして、処刑。だが、所長は最後まで気が気でなかった。これまでの囚人たちが、みな最後に口にした言葉。それをなにかのはずみで、こんどのやつも言うのではないかと。

しかし、今回に限ってその言葉は出なかった。

そのご、ずっと、ここに送られてくる死刑囚はなかった。つまり社会において、目をそむけるような凶悪事件がおこらなかった。その所長の在職中は……。

つなわたり

「あたし、ちっとも美人じゃないわ。うまいことおっしゃっても、信じられないわ」

その部屋の住人である女は言った。婚期を逸した年齢で、たしかにそう美人でもない。

「いや、あなたは美しい。内面からにじみ出る、真の美しさです。いますぐ婚約したい」

青年はさっきから愛の言葉を口にしつづけていた。彼は金がないが、美男子。それを売りものに結婚詐欺を常習としている。この女がかなりの金を持っているのに目をつけ、なんとかこの段階までこぎつけたのだ。

「そんなにまで思って下さるなんて……」

女の口調は軟化しかけた。青年は内心でにたりとする。ここでもう一押しすれば、ひさしぶりに大金を手にすることができるのだ。

その時、ドアのそとで声がした。

「あけて下さい。警察の者です……」

それを聞き、青年はびくりとする。さては旧悪がばれたか。せっかくもう一息なのに。といって、逮捕されてはすべてが破滅だ。彼は窓から逃げる。しかし、そこは二階であり、落ちたあげく足をくじいた。

うずくまり「痛い」と泣きわめく青年を助け起しながら、警官のひとりが言った。

「痛いぐらいですみ、あなたは幸運ですよ。われわれはあの女を逮捕に来たのです。あの女、巧妙に男を引きよせ、婚約し、生命保険に加入させる。それから事故死にみせかけて殺す。これを何回もやり、けっこう金をためやがった……」

オフィスの妖精

朝の出勤。おれはまだ独身の会社員だ。早く会社へ着きたくてならない。なにか楽しく、うきうきした気分だ。数カ月前にくらべたら、大きな変りようだ。

といって、一変する前の会社での執務が不快なものだったというわけではない。それはそれで悪くなかった。ドライで能率第一で、スピード感があって正確。いわゆるビジネスらしいビジネスだった。

そのころのことをちょっと思い出してみる。オフィスの自分の席。机の上には、万能事務装置がのっている。ステンレス製のスマートな形で、どことなく冷たい感触のやつだ。当然のことだが、ボタンを押すことで簡単な計算をやれる性能をそなえている。

複写機も内蔵している。原稿を入れて何枚というボタンを押せば、たちまちのうちにビーとブザーが鳴り「コピー完了。九枚」と人工の声が答え、きちんと出してくれる。どこからか電話がかかってくると「ピー。電話」と注意してくれ、テープへの録音がボタンひとつで可能なことはいうまでもない。他の部課からの書類は、テレビ画面に鮮明に出るし、その複写だって一瞬のうちだ。

そのうえ、もっと複雑な計算や情報処理だって、それでやれる。すなわち、その事務装置は会社の中央大型コンピューターに接続しており、こみいった統計の答えも出してくれる。記録システムにおさまっている膨大な情報もすぐに使える。過去の資料をもとに長期的な予想を出してもくれるし、ある条件のもとでの短期的な予想を立てることもできる。

まあ、そんなことをいちいち並べてみてもしようがない。つまり、そんなふうに仕事をしていたというわけだった。仕事をひとつ片づけ、装置の右の大型のボタンを押すと、つぎの仕事がまわってくる。活気があり、神経が張りつめており、ドライでクールな状態。ひと仕事完了のボタンをたたく時は、爽快《そうかい》な喜びのようなものを感じることができた。

装置をいかに駆使しても、自己の能力がおよばず処理できないこともある。そんな場合は自己のやった経過を書類につけ、左側のボタンを押せばいい。処理のできそうな人物のところへと送ってくれる。もたもたしていては能率が落ちてしまう。むりに問題ととりくみ、時間を浪費するほうが恥なのだ。

仕事中は雑念のわくこともなかった。頭脳や神経がぎりぎりまで使われており、それどころではなかったのだ。だが、午後四時の退社時刻のあとは、完全な自由だった。もっとも、午後四時というのはおれの場合のことで、おそく出勤する者はもっとおそくまでで、時間の枠《わく》はあったが時刻の枠はなかった。

執務から解放されたあとは、なんでも好きなことがやれた。ガールフレンドといっしょに、邦楽の会などによく出かけたものだ。邦楽の趣味の会に入り、三味線もならった。

〈ひと知れず　会う夜桜や向島　花の嵐《あらし》にあけの鐘……〉

などと小唄《こうた》をひき語りするのも、悪くない気分だものな。上役や同僚たちも、それぞれ趣味に熱中していた。俳句をやり短冊にさらさらと書いたり、義理人情をうたいあげた浪花節をうなったり、さまざまだった。仕事中のあの能率第一さとの均衡をとろうとするかのように、ムードにあふれたものばかり。まあ当然のことだろう。そのような趣味を楽しむことで、また仕事への意欲もわいてくるというわけだった。

このあいだまでは、こんな日常だった。

しかし、いまは一変している。

会社のオフィスに着く。机の上には万能事務装置がのっている。おれが椅子にかけると、それでスイッチが入り、事務装置がささやくように言った。

「あなたとお会いできて、うれしいわ。きのうあなたとお別れしてからのあたし、ずっとさびしくてさびしくて、たまらなかったのよ……」

装置の声はどこか恥ずかしげで、それでいてなまめかしさのある声だ。

「そうかい」

おれは、わざとそっけなく答えてやる。すると、また装置が言う。

「コーヒーをお飲みになりません。あたし、おいしく作りましたわ。甘さもミルクの入れぐあいも、あなたの好みをおぼえてしまいましたの」

装置はオルゴールの愛らしい曲をかなで、紙コップにコーヒーをついで出した。おれはタバコを吸いながらそれを飲む。紙コップを捨てると、それを待っていたかのように装置がささやく。

「さあ、あたしにさわってよ……」

その声は南国の妖精《ようせい》かなにかのように魅惑的で、そうせずにはいられなくなる。おれはちょっとさわってやる。そのとたん、ぞくっとするような快感をおぼえる。

この装置の外側は、以前のような金属製ではない。新しく開発されたソフトなプラスチック。白っぽく、やわらかく弾力があり、ほのかにあたたかく、しめりけをおびてしっとりとしている。表面はつるつるでもなければ、ざらざらでもない。形容しがたいこころよさだ。この特殊プラスチックは事務装置以外のものに使うことを許されていない。

おれは思わず、さわる手に力を入れてしまった。それに反応し、ぶるぶるとプラスチックがふるえた。手をはなすと、いまさわった部分がぽっとピンク色をおび、かすかなにおいをたちのぼらせた。上品な香水。この一連の動きには、おれをぞくっとさせるものがあるのだ。あるいは、さわったとたん、ある種の弱い電流が伝わり、おれがそう感じるようにしくまれているのかもしれない。

装置にさわることにより、仕事開始のスイッチが入った。装置の下部から、書類が机の上にあらわれてくる。〈新製品R8号の国内国外における需要供給計画、および新しい販売方法考案の件〉とある。装置の声は言う。

「きょうの最初のお仕事はこれよ。あなたにはできるわね。しっかりやってね。あたしもできるだけお手伝いするわ……」

「よし、はじめるか。しかし、資料がいるな。R7号の販売統計をまず調べるか。いや、ついでにR6号のもだ。資料をたのむ」

おれが言うと装置は答える。

「はりきっちゃってんのね。たのもしいわ。あたし、すぐ調べてみる……」

会社の中央コンピューターに回路が接続し、必要なデータはすべて複写されておれの机の上に送られてきた。装置は報告する。

「これでいいのかしら。すっかりおそくなっちゃって、ごめんなさいね」

「おそくなんかないさ。きみはすばやいし、正確さは信用できるし……」

「あら、あたしをそんなに信用しちゃっていいの。まちがってても知らないわよ」

「きみがどう思おうと、ぼくはきみを信じているんだからな」

コンピューターの記憶部分からのデータだから、正確にきまっている。このやりとりはユーモアというやつさ。

「まあ……」

装置は答え、また、ほんのりとピンク色になり、かすかにふるえた。好ましい感じ。おれはぞくっとし、仕事への熱意が高まってきた。こういうのの前では、ちょっといいところを見せたくなるじゃないか。

なんでこんな装置が導入されるようになったのかというと、その原因は単純だった。

人間の繁栄への欲求に限度がないということ。もっと給料が欲しいというわけで、それには生産性をあげる以外になかった。だが、その方法となると、議論百出であっても名案はなかなか出なかった。最初は反対論のほうが多かった。

「生産性向上については、もっと検討を重ねてからにすべきでしょう。いまの執務状況は、すでにかなり高密度。これ以上に密度を高めると、機械のどれいになりかねない」

同感の意見がかなりあった。

「わたしもそう思います。執務中は能率第一、そのあとの時間はそれぞれ好きな趣味を楽しんでいる。いちおう理想的な形です。執務時間を延長すれば給料も上げられるでしょうが、そうなって、なんの幸福です。人格のバランスも崩れるでしょうし、生きている意義や価値を見失いかねないでしょう」

その方向に議論は傾きかけた。

「しばらく現状のままで、検討をつづけることにしましょう。繁栄への欲求を押えるわけではありませんが、新しい方法開発への手がかりがないのでは、慎重にならざるをえない」

その時、ひとりが提案した。

「待って下さい。案がないこともありません。じつは、化粧品の自動販売機として試作した装置のことです。まず、それを見ていただきましょう」

その装置が運ばれてきた。ひとりの女性を使っての実演がなされた。女がその前に立つと、装置はさわやかな男の声で言う。

「おや、おじょうさま。なんという、おきれいなかたでございましょう。そのお美しさを、さらに一段と高めてさしあげたい。どんなにすばらしくなることでしょう。ちょっと、お顔をもう少し前へ……」

顔を近づけると、皮膚の測定がなされる。

「ありがとうございました。あなたさまのお肌《はだ》の性質がわかりました。それにぴったりの化粧品の調合は……」

さらにおしゃべりはつづく。お好きな色はとか、お好きな花はとかの質問で、性格の分析がなされ、それにふさわしい香料が算出される。お客が答えをしぶったりすると、その反応はすぐ記憶され、気にさわりそうな言葉が出ないよう押えられる。喜びそうなことばかりふえてゆく。機械の正確さと、人間的なおせじ。その長所をプラスした形だ。

だから、話をすればするほど、お客は装置に親しみを感じてしまう。心のなかにむかって、迷路をたどりながら、なにかが入りこんでくるようだ。こうなれば売るのは容易だ。装置の指示に応じ、クレジットカードを入れると、それとひきかえに品物が出てくる。

提案者は言った。

「これをさらに改良し、事務装置に使用したらいかがでしょう。執務という精神の緊張感がぐっとやわらげられる。ですから、執務時間がのびても、情緒喪失の害がそれだけ防げる。人間性がそこなわれることもないと思います」

「そういうこともいえそうだな。試験的にやってみるか。しばらくやってみて、労働強化をもたらすと思われたら、すぐ中止するとして……」

賛成者があり、それがオフィスに導入されたというわけだ。しばらく試験的にということだったが、おれは以前より楽しくなった気分だ。いっこう中止の声が出ないところをみると、ほかの連中も拒否する意思を示さないのだろう。

電話がかかってくる。以前だと装置は「ピー。電話」とそっけなく告げるだけだったが、いまはちがう。ポンポンとやわらかな音をたて、それからこう言うのだ。

「あら、電話だわ。どなたかしら……」

おれは受話器を取るのだが、そばの女から手わたされたような気分になってしまうのだ。話し終って受話器をおくと、また言う。

「ねえ、いまのお電話、女のかたからだったみたいね。だれからだったの。ねえ、なんのご用だったの……」

「うるさい。上役からの電話だ。仕事中によけいな口を出すな」

「あたしが悪かったわ。そんなにきつく言わないで……」

装置の声は許しを乞《こ》い、すすり泣いた。小さな二つのライトがまたたき、そこから水滴がにじみ出た。ちょっと流れる。ほんとに泣いているような感じなのだ。ほっとけばその水滴は蒸発してしまうのだが、おれは指先でぬぐってやった。それをなめたら、かすかに塩からい味がした。

「もう泣くな。さあ、仕事をしよう」

「ええ、やるわ」

元気をとりもどしたような、しっかりした声になる。それはおれの心に活を入れ、仕事に熱中しなければならぬような気分にさせてしまう。おれは資料を出させ、調べつづける。

この装置のフィードバックは、まったく巧妙にできている。おれの仕事ぶり、話すこと、装置への反応。それらを中央コンピューターに送り、そこで分析し、おれをより適切にあつかう回路を作り、たえずそれを改良しながら、ここへ声を戻しているのだろう。

おれがいやがるようなことはめったに言わず、時たま言う時には、さらに大きな効果をもたらす計算の上でだ。すねたり、こびたり、おだてたり、おれの心の何重もの殻の、その割れ目や穴をさぐりながら、しだいに奥深く入りこんでくる。そして、おれを仕事にかりたてるようコントロールする。このばけものめ……。

おれがそんなことを考えていると、装置が甘ったるい声を出した。

「ねえ、ぼんやりなさったりして、なに考えていらっしゃるの。みだらなことでしょ」

「いちいち、うるさく口を出すな。おれにかまうな。少しはほっといてくれ」

おれの内部でなにかが爆発した。おれは立ちあがり、椅子《いす》をふりあげ、装置めがけてたたきつけた。悲鳴のような音が響き、装置は静かになった。ライトも消え、明滅をしなくなった。おれの胸はすっとした。

装置は、そのままなんの音もたてない。

「おい」

と声をかけてみたが、答えはない。なにげなくさわってみて、おれはどきりとした。いつもはあたたかみをおびているのに、つめたくなっている。旧式の装置の金属製の時のよう。いや、それ以上にもっと不吉ないやな感触。おれの心の一部が死んでゆくような、ぞっとする気分。おれは反省し、あわてて装置をなでまわした。

「おい。しっかりしてくれ。たのむ。なんとか答えてくれ……」

叫びつづけ、手でこすりつづけていると、やがて、しだいにあたたかみがよみがえってきた。息づくような弾力がもどり、ライトは光をとりもどし、かすかにまたたく。かぼそい声がした。

「あら、あたしどうしたのかしら。不意に気を失ったみたいね。記憶がとぎれちゃってる。あなたが介抱してくださったの……」

おれの行為をせめないところが、心にくい。せめなくても、おれは反省しているのだ。それに、おれの内部のもやもやは消え、冷たくなったのを苦心してよみがえらせたことで、いとおしさも高まっている。

「さあ、仕事をつづけよう」

「ええ、もう少しですものね」

おれは報告書をまとめることができた。ボタンを押し、上役へ電送する。しかし、上役はそれを読み、電話でこう返事をしてきた。

「なにか、もうちょっと新しいアイデアを盛りこめないものかな」

「はい、やってみます」

おれが答えて電話を切ると、装置の声が言った。

「あんなに努力して作った書類だったのに、残念ね。あたしのお手伝いのやりかたが悪かったからなのね。ごめんなさい。どうしようかしら……」

困惑し、恥じ入るような声。色もいくらか青ざめている。おれはこう言わざるをえなくなる。

「そうがっかりすることはない。もうひとふんばりしてみよう。いい知恵も出るさ」

「コーヒーをお飲みになったら。一息いれてからになさったほうがいいわよ」

「そうだな。たのむとするかな」

おれはコーヒーを飲み、また仕事をつづける。装置の協力で、なんとか新しい案を考え出す。その書類を上役に電送すると、こんどは採用になった。

「よし。これなら申しぶんない。ごくろうだった」

との返事。電話のあと、装置が言った。

「よかったわね。あなたの才能、ほんとにすばらしいわ。一回の不採用にくじけることなく、さらに高度なものを作りあげてしまうなんて……」

「きみのおかげさ」

「そんなことないわよ。あくまでもあなたの力だわ。あら、そろそろ退社してもいい時間よ。ガールフレンドのどなたかに電話をなさって、デイトの打合せでもなさったら」

「いいのかい。そんなこと言って……」

「仕方ないわ。あたしは、オフィスであなたのお手伝いをさせていただくのが役目なんですもの」

「そうだな……」

おれは考える。ガールフレンドがいないわけじゃない。しかし、このところ、だれにも会う気がしないのだ。かつての旧式の事務装置のころには、毎日のようにガールフレンドのだれかに会っていた。そして、やさしさだの、ムードだの、人間的な会話だのを楽しんだものだ。

だが最近は、ちっともそんな気になれない。それどころか、彼女たちが、がさつに見えてしようがないのだ。会話をしていても、無神経なところがなにかひっかかる。

「貯金がいっぱいたまっていますのよ……」

と装置が聞きもしないのに言い、金額を告げた。かなりの額になっている。残業をするので収入がふえ、その一方、使うこともあまりないからだ。

「ずいぶんになったな。むかしにくらべ驚異的なふえかただ」

「休暇をおとりになって、旅行でもなさったら。時には気ばらしでもなさらなくちゃいけませんわ」

「しかし、ねえ……」

なぜ気ばらしをする必要があるんだ。仕事への嫌悪感《けんおかん》も、不満の集積も、解放を求める疲労も、おれの内部にはない。旅行なんかに出たら、たまらないさびしさに襲われそうな不安をおぼえることだろう。そんな予感がする。おれは言う。

「旅行はしないよ。留守中にだれかがここにすわったりすると、いやだものね」

「うれしいわ。それがおせじだとしても」

「おせじなんかじゃないさ。さあ、もうひと仕事しよう」

おれはボタンを押す。ボタンといっても、やわらかな出っぱりで、それを押すとやはり快感が伝わってくるのだ。仕事のテーマを記入した書類が出てくる。それを見た瞬間、やめておけばよかったかなとも思うが、それも長くはつづかない。

「こんどは、どんなお仕事かしら……」

ぞくぞくするような声で装置が言う。ライトがウインクするように点滅する。それはおれの意欲をかきたててしまうのだ。

おれは仕事に熱中し、時間はそれとともに流れてゆく。

「いま何時ごろかな」

おれが聞くと、装置は答える。

「午後の十時よ。もうお帰りになったら」

「帰ってみても、楽しいことはなにもないんだ。話し相手もないし、つまらないことばかりだ。趣味だった邦楽も、このごろはさほど夢中になれない。なぜおれは、夜になると自宅へ行かなくちゃならないんだろう。なぜ毎日、自宅へ通勤しなくちゃならないんだろうな」

「さあ、あたしにはよくわかりませんわ。そういうむずかしいことを考える才能は、あたしにはまるでないの。きっと、頭が悪いのね……」

「おれだって、よくはないさ」

おれは仕事の手を休め、机の上に両腕をのせ、それに顔を伏せた。少しねむい。装置の声は言った。

「歌をうたってさしあげますわ……」

静かな、やさしい、春の夜の風のようなメロディーの歌が流れてくる。幸福とはこのことよ、生きている実感って、このことよ。そうささやきかけてくるようだ。おれもそう思う。こういう気分は、生きているからこそだ。これ以上に人間的で、これ以上にこころよいことが、ほかにあるだろうか。おれはうつらうつらする。

夢にすばらしいものがでてくる。美と繁栄、生きがいと希望、喜び、理解、愛、それらの女神としか形容のしようのない……。

健康な犬

ベッドの上でエヌ氏はいい気持ちそうに眠っている。その部屋のすみのほうでは、彼のペットである大きな犬が眠っている。

午前五時になる。犬は目をあけ、ほえはじめる。声はしだいに大きくなる。エヌ氏は眠そうにつぶやく。

「うるさいな。おまえはいいやつだが、その朝っぱらから運動をせがむくせは、なんとかならんのかね。もっと眠らせてくれよ」

しかし、犬はほえつづける。それどころか寝ているエヌ氏の上にあがり、顔をなめたり飛びはねたりもする。こうなると、とても眠ってなどいられない。

エヌ氏はしぶしぶ起きあがり、セーターとズボンという服装に着かえ、犬の首輪にひもをつなぎ、その一端をにぎって外出する。家のそとで出あった牛乳配達が声をかける。

「おはようございます。みごとな犬ですなあ。毎朝そうやって犬に散歩させるなんて、いい飼い主ですな。犬も大喜びでしょう」

「まあね……」

立話をしているひまはない。犬がどんどん先へ進んでしまうのだ。大きいうえに、元気一杯の犬。エヌ氏は引っぱられ、ゆっくりと歩くわけにいかない。

犬は公園のほうに進む。道順はきまっているのだ。夜明けの公園は静かで新鮮でいい気分だが、エヌ氏は立ちどまってそれを楽しむこともできない。犬にくっついて歩かねばならない。

犬は公園を三回ほどまわり、午前六時ごろエヌ氏と家にもどる。これで犬の散歩は終り。運動のすんだ犬は満足げにおとなしくなり、食事をして、また眠りはじめる。

しかし、エヌ氏は会社づとめ、朝食をとってから、出勤ということになる。これが彼の毎朝の日課だった。

ある日、エヌ氏は会社の帰りに、ペットの店に寄って言った。

「いつか買わされた犬のことだが……」

「いい犬でしたでしょう。わたしはペット・コンサルタントとして一流だと、自分でも思っています。このかたにはこのペットがいいと、ぴたりとおすすめし、感謝されているわけです。あなたさまには、まさにあの犬がぴったりだったはずです」

店の主人はにこにこした表情と、自信ありげな口調で応じた。しかし、エヌ氏は頭をかきながら言う。

「いい犬であることは、みとめるよ。だが、朝はやく運動に連れてってくれとせがまれ、毎日ひと苦労だ。元気がありすぎる。なんとか少し、なまけものにするくふうはないものかね」

「なにをおっしゃるんです。あの犬があなたを運動させているのですよ。最初この店へおいでになった時のあなたは、運動不足でぶよぶよしていた。だが、いまはすっかりからだがひきしまった。早起きの習慣もついて、血色もよくなった。みちがえるようです。このぶんだと長生きなさいますよ」

「なるほど、そうだったのか。すると、あの犬はあれでいいわけか」

うなずくエヌ氏に、店の主人が言う。

「うちは〝健康のためのペット〟が営業方針なのです。いかがでしょう。もうひとつペットをお買いになりませんか」

「そうするかな」

エヌ氏は小鳥を買わされた。かわいい声でさえずる、なれた小鳥だった。そして、なにがどう健康のためなのか、家にはなし飼いにしてみて、すぐにわかった。エヌ氏がタバコを口にくわえると、小鳥がさっと飛んできて、くちばしで突ついてそれをたたき落す。

熱中

目がさめてそばを見たら、女の死体があった。手をのばしてさわってみると、ぐにゃりとして冷たい。生きた人間なら、こんな感触ではないはずだ。おれはびくりとし、ベッドから飛び出した。

それで完全にねむけが消えたとはいうものの、二日酔いの頭なので、なにがなんだかよくわからない。おれは昨夜、よほど飲んだにちがいない。どこで、だれと、どれほど飲んだのか。いったい、ここはどこなのだろう。なんでおれは、ここで寝ることになったのだろう。そして、この女は……。

いや、そんなことはどうでもいい。おれは過去に執着しない性格なのだ。たえず未来をめざし、現在をせいいっぱい生きるのが信条。過去に属することを思考するのは苦手なんだ。これが身にそなわった性質なんだから、しようがねえ。

それにこの現状。きのうのことなんか、ゆっくり考えているひまもない。そばにかくのごとく死体が存在しているのだから。幻であってくれればいいと、目をつぶって

祈り、また開いてみたが消えてくれなかった。

みしらぬ女だが、若く、ちょっとした美人だった。色が白く、おとなしそうな顔つきだ。死んでいるから、色白でおとなしそうに見えるんだろうな。本当に死んでるんだろうなあ。ほっぺたをひっぱたいてみるとか、水かお湯をぶっかけるとか、胸に耳をつけて心音を聞くとか、たしかめる方法もないこともない。だが、おれはやってみる気がしなかった。あの、ぐにゃりと冷たい感触は大きらいだ。死体とは過去の象徴であり、過去とは死の象徴。どっちもおれの好まないものなのだ。

部屋のすみに電話機があった。救急車を呼ぶかなと考えたが、それはやめた。警察へかけようかなとも思ったが、それもやめた。どっちにしろ、おれがいちおう疑われることになる。へたしたら、そのままずるずると有罪にされかねない。

留置場にほうりこまれては、身のあかしをたてようがない。すべて他人まかせとなる。どうされるか、わかったものじゃない。これまたおれの好まない事態だ。

いずれにせよ、ここでぐずぐずしてはいられない。どうするか。逃げるか、あるいは自分自身でこのなぞをとくかだ。おれはその二者択一について考えかけたが、その問題で迷うのはあとでもいいのだと気がついた。とりあえずこの場を離れるという点では、同じことなのだ。

しかし、なぞを解明するといっても、なにか手がかりがなければならぬ。この女がだれなのかも知らねばならぬ。あたりを見まわすと、女のハンドバッグがあった。あけてなかをのぞく。身分証明書や定期券のたぐいはなかったが、手帳があった。しめしめ、いいものがみつかったぞ。そのほかの品物、口紅とかハンケチとか小銭入れなどは、なんの役にも立ちそうにない。

その赤い表紙の手帳をぱらぱらとめくる。持ち主の名はなかったが、終りのほうのページに住所録の欄があり、いろんな人の住所氏名が書いてあった。この連中に当れば、女の身もとが判明するかもしれない。もしかしたら、真犯人がこの名前のなかにいるかもしれない。これらの連中をたずね回るのは大変な仕事だが、やらねばならぬことだ。これが現在のおれの、なすべきことなのだ。他の雑念は、おれの頭から消えている。

おれはまず、住所録の最初の人物をたずねてみることにした。男名前だが、どんな職業で何歳ぐらい、この女とどういう関係のやつかなどは、まるで見当がつかない。ここで想像してたって、ことは一歩も進展しない。

おれは部屋からそとへかけ出し、通りがかったタクシーに乗り、運転手に手帳を見せてたのんだ。

「たのむ。ここに書いてある住所へやってくれ。早くだ」

おれは極度に興奮していたのだろう。こんな場合なら、だれだってそうだろうな。おれはどこからタクシーに乗ったのか、それを調べずにここまで来てしまった。そのことに気がついたのは、おれが料金を払っており、車が走り去ってしまったあとだった。なんというタクシー会社の車だったかも覚えていない。つまり、さっきの死体のあった部屋がどこだったのか、もはや知りようがないというわけだ。

まあいいさ。おれは過去に執着しない男だ。未来にむかって現在を生きるのが信条。未来の目標とは、あの女にまつわるなぞをとくことであり、それへの最大限の努力が、現在のおれのなすべきことなのだ。さっきの部屋の所在を調べなおすという過去逆行的なことなど、まるでやる気になれない。

そばの交番で、この番地の家はどこでしょうと聞くと、若い警官は壁の地図を指さし、親切に教えてくれた。すごく感じのいい警官だった。きっと出世するだろうな。

その一帯は、古びた建物が並んだ裏町といった光景だった。早いとことりこわし、ビルを建てたら、どんなにさっぱりするだろうという印象を与える。あたりは、うらぶれたぼろ家ばかりというところだった。

そのなかでも、とくにぼろで小さな家が、たずね先の家だった。なんだか傾いているようだ。玄関の戸を引こうとしたが、なかなかあかない。鍵(かぎ)がかかっているのではなく、古くなって戸の滑りが悪くなっているせいだった。力をこめ、なんとかあけ、なかに入ってあいさつをする。

「ごめん下さい……」

しかし、なんの応答もなかった。留守なのだろうか。無用心なことだとつぶやきかけたが、空巣《あきす》にねらわれそうな品は、そのへんになにひとつなかった。

「どなたかおいででしょうか」

おれがくりかえして大声をはりあげると、やっとだれかが出てきた。幼児を背中におぶった女性だった。いわゆる、おかみさんといった感じ。まだ若いのかもしれないが、ふけてみえる。髪はぼさぼさで、化粧をしていない。このところ風呂にも入っていないみたいだ。着ているものといったら、つぎの当ったよごれた服。あわれの典型にして、その極致といったところだ。

家のなかの光景もまた同様。破れた障子、すりきれた畳、面積の一割ほど崩れている壁。貧しさムードがあたりに充満している。こういう暮しもあるんだなあ。生活保護は受けているのだろうか。あまりにもひどすぎる。これで背中の子供でも飢えで泣き叫べば、貧困をテーマにしたドキュメンタリーのテレビ映画そのまま……。

おれがそう思いかけると、幼児がわあわあ泣きはじめた。いやな予感が的中しやがった。そのため、おれは用談の話し声を大きくしなければならなかった。おれは赤い手帳を開き、そこを指さして聞く。

「このお名前のかたは、こちらのご主人でしょうか……」

そう言いかけると、女もまた、わっと泣きはじめた。いきどおりと悲しみ、わが身の不幸をなげき、絶望にうちひしがれている。そんな感情のこもった泣き方だ。背中の幼児も、それにつれてさらに泣き声を高める。なんてえことだ。なぜおれが、こんな泣き声の二重唱の聴衆にならなくちゃならないんだ。こっちまで気分が沈んでくる。しかし、おれは引き返すのがきらいな男だ。つねに前むきに進む。この涙の原因をつきとめなければならない。

「まあまあ、そんなにお泣きになるからには、よほどの事情がおありなのでしょう。お話しになってみませんか。わたしもご相談にのれるかもしれません。お役に立たないまでも、話すことで胸の悲しみも少しは晴れるのじゃないでしょうか」

おれがうながすと、女は何度もしゃくりあげ、涙を服のはじでふいた。涙のよごれが服につき、服のよごれが顔につき、一段とすさまじいことになった。女は言う。

「もう、なにもかもおしまいなんです」

「で、ご主人は……」

その質問をすると、女はまたひとしきり、泣き声を高めた。どうやら、話題が亭主に関連してくると、泣きの反応があらわれるようだ。それにしても、よく涙が出つづけるものだな。やがて、女はかすれた声で言った。

「もう、怒る気力もつきはてました。うちの人、以前はまじめなサラリーマンでしたが、ふとしたことでギャンブルに熱をあげはじめましたの。とりつかれたというべきなんでしょうね。魔がさした。それからは金を使う一方。それまでは順調だった家庭が、がらがらと崩れ、とめどなく度が進む。いまに勝って大金をつかんでやると、なにもかも金にかえてつぎ込む。そのあげく、とうとうここまで落ちぶれてしまいましたの。もはや、売るものはなにひとつ残っていません。あたしもこの子も、きのうからなにも食べていないようなわけで……」

おれは同情した。

「それはお気の毒です。しかし、ひどすぎる。そんなにお困りならば、生活保護を受けるという方法も……」

「それができればいいんですけど、まあ、お聞き下さい。うちの人、ギャンブルの資金のために、ほうぼうのかたから金を借りっぱなしなんです。返済できないんですすから、寸借詐欺っていう形なんですの。その被害者のひとりが、お役所の生活保護の窓口の係。それとこれとは話がべつだといっても、事務を進めてくれるわけがありませんわ。かりにお金が出るようになったとしても、係はまず自分の貸金をそこから回収するでしょうし、いずれにせよ、みこみなしなんですわ」

「なるほど。生活保護もだめ、借りるあてもなし、売るものもないという、オール・ゼロの状態というわけですな」

「いいえ、ゼロじゃなくてマイナスですわ。家賃はためにため、家主から立退きを迫られている。なんだかわけのわからない税金の督促状がくる。うちの人は、いっこうに帰ってこない。暴力団みたいなのが時どきやってきて、亭主をどこにかくした、立替えた金を返せ、さもないとおまえを痛い目にあわせるなんて、おどかすんです……」

「いやまあ、ひどいことですなあ」

「これだけはと、必死になってかくしておいた、わずかなお金があったんですけど、それもさっき買物で使ってしまいましたし……」

「なにをお買いになったんですか」

おれが好奇心で質問すると、女は手を開いて、にぎっていた薬びんを見せ、空虚な声で言った。

「これですの。毒薬を買ったんですの。この子といっしょに死のうと思い、さっき飲もうとしたところへ、あなたがおいでになったというわけですわ……」

女の表情もまた空虚だった。もう生きるのに疲れはてたというのか、うつろな目つき。背中の幼児が手をのばし、毒薬のびんをしゃぶりたいという身振りを示すのがあわれだった。おれはあわてて制止した。

「まあ、まあ。お子さんと心中するなんて、とんでもないことです。早まったことはいけません。生きていれば、またいいこともあるでしょう」

「いいえ、もう生きる道は残されていないんですわ。こうなったら、一刻も早く天国に行きたい思いです。生きていて、あたしにいいことがあると本当にお考えですの」

「まあ、ないでしょうなあ」

「ほら、ごらんなさい。あたしの好きなようにさせて下さい」

「しかしねえ、死ぬのは人事をつくしたあとでもいいでしょう。まだなにか、やることがありそうだ。いったい、ご主人はどこでそのギャンブルとやらを、なさってたのです」

「あるマンションの一室に、秘密のクラブができていて、そこに通いつめ、泥沼にはまりこんでしまったのですわ。あたしも一回だけ、亭主を連れ戻そうとそこへ行ったことがありましたわ。しかし、ギャンブルにとりつかれると、妻子の力でも引き戻せないものでございますわね……」

女はその所在地を教えてくれた。おれは聞いていて腹が立ってきた。その秘密クラブの経営者に対してだ。だれだって怒りを覚えるだろう。善良な人たちの家庭を、こんなにまでしてしまうなんて。

「けしからんことです。許しがたいやつらだ。どうせ、いかさまにちがいない。社会の敵。よし、わたしがかけあいに行ってきます。そして、いくらか金を取りかえしてきてあげます」

「だけど、あなたさまにそんなことをしていただく筋合いはございませんわ。あたしはもうこれ以上、どなたにもご迷惑をおかけしたくない。やはり静かに死んだほうが……」

人間として、ではどうぞと答えられるわけがない。おれは胸をたたいて言った。

「いや、いいんですよ。これもなにかの縁です。このまま黙ってみすごし、あなたが死なせることはできない。わたしはそういう性格なんです。ですから、死ぬのは一日だけのばし、わたしにまかせなさい」

「はい。では、あなたさまのお言葉を信じ、そういたしましょう。ああ、なんという親切なかた。神さまだ。この世はまだ完全な闇《やみ》ではなかった……」

女はまたも涙を流し、おれを伏しおがんだ。いい気分だった。こういう気分になるのは大好きなんだ。つぎなる行動への力がわきあがってくる。


そのマンションは大きく立派な建物だった。きっと部屋代なんか、ものすごく高いにちがいない。まともな収入じゃ、こんなとこに住めるわけがない。問題の部屋を訪れてみる。女から合言葉を聞いておいたので、入ることができた。

広く豪華な部屋だった。床にはじゅうたんが敷きつめてあり、窓には薄いカーテンがかかっていた。物音がもれたり、外部からのぞかれたりするのを防ぐためだろう。十数人ほどの男女の客がいる。ここでのギャンブルはトランプとダイスだけのようだ。それぞれ熱狂的に、しかし静かに勝負をしている。かりに声をあげる者があったとしても、厚い壁はそれを隣室には伝えないだろう。おれは室内を眺め終り、客でなさそうな人物をみつけて言った。

「あなたがここの経営者か」

「はい。経営者というほどのものではございません。みなさんに楽しんでいただくよう、この環境を作り、サービスをしているだけのことで……」

「そんなことは、どうでもいい。わたしは文句を言いにきたのだ。いかさまでお客から金を巻き上げるなんて、けしからんじゃないか」

「とんでもございません。いかさまなんか、決してやってはおりません。お知りあいのかたのです。もちろん、時には大きくお負けになるかたもございます。公平そのものが、ここで負けたというのでございますな。しかし、それが勝負というものです。公平だからこそ冷酷なんです。いいですか。かりにですよ、お客のひとりが負けつづけ、見ていて気の毒だからと、ひそかに応援し力を貸し、勝つようにしむけたりしたら、それこそ問題でしょう。それとも、そうすべきだとおっしゃるのですか」

「うむ、それも理屈だな」

「いかさまかどうか、おやりになってみたらいかがです。そして、それをはっきり指摘なさったら、もういかようにもおわびします。もっとも、そんなことはございませんがね」

「よし、やってみよう」

おれはさっそくトランプをはじめた。やりはじめると、こつというのか調子が戻ってきた。以前にもやったことがあるのだろう。いつ、どこでやり、いくらもうけたのか、そんなことはどうでもいい。過去なんてものは存在しないんだ。過去など、どこにあるというのだ。いまはこの勝負にすべてをうちこめばいいのだ。おれは熱中した。最初のうちは勝ったり負けたりだったが、しだいにおれの前の金はふえてきた。

勝負とは運なのだ。それにさからわないのが秘訣《ひけつ》。運が好調な時は、せいいっぱい大きく賭《か》け、つかなくなったと知ったら、しばらく休むことだ。ばかなやつは、その逆をやる。つかなくなったのに、負けをとりかえそうと、むりして大きく賭けたりするのだ。そして、悪いほうへと転落してゆく。そういうやつは自業自得というべきだ。うらむのなら、ばかな自分自身をうらむべきなのだ。

おれはしばらく休んだり、また勝負に加わったりした。ここの秘密クラブは、なかなかサービスがいい。ベッドの用意もあるし、食事だって出してくれる。いたれりつくせりで、ギャンブルは二十四時間ぶっ通し。時のたつのを忘れる思いだ。こんな楽しいところを、なぜ秘密にしなければならないのだ。あまり居心地がいいので、おれは何日もここにいつづけた。本当におもしろい。

一週間ぐらいたった夜、おれはトランプをやっていた。けっこう金もふえてきた。しかし、その時、おれのとなりの席で勝負に加わっていた老紳士が、急に倒れて苦しみはじめた。しかし、だれもかれも勝負に熱中していて、みなしらん顔。ギャンブルとはそういうものなのだ。

この老紳士の素性はおれも知らない。金ばなれのいい点から、密輸かなにかでもうけているらしいと想像してたが、その通りかどうか。しかし、苦しんでいるのを、そのままにしてはおけない。おれは立って電話機にむかい、救急車を呼ぼうとした。だが、経営者にとめられた。

「困りますよ、そんなことなさっちゃ。お客さまでない連中にふみこまれては、非合法のクラブがばれてしまいます。みんなが迷惑します」

「ほっとけというのか」

「一個人のためにみんなを犠牲にはできません。そのことは、みなさま了解の上なんです。だからいいんです。そのうちなおるでしょう」

その言葉を聞き、おれはかっとなった。勝負は冷酷かもしれないが、これは許せない。ひとを見殺しにするとは、なんて冷たいやつらだ。おれは言った。

「よし、それなら、おれが病院へ運んでやる。文句はあるか」

「いえいえ、そうしていただけるなら、それに越したことはございません。しかし、その費用はそちら持ちで願いますよ。また、そのかたの負けたぶんの清算をしていただかないと、運び出されては困ります」

「そうまでドライに徹しているのか。よし、おれが払ってやる」

おれは自分の金のなかからそれを払い、老紳士を部屋のそとへ連れ出した。うしろから経営者が声をかける。

「あ、赤い手帳をお忘れです」

「なんだ、そんな女物の手帳など、おれは知らんぞ。そんなもの捨ててしまえ。くだらんことでじゃまするな。いまはこの人の命がどうなるかの問題なんだぞ。この、ばか」

おれはタクシーをとめ、そのなかに老紳士をかつぎこみ、どこでもいいから大きな病院へ行けと命じた。

「もうすぐですよ。しっかり、元気を出して」

とはげまし、おれは病人の背中をなでてやる。

病院につく。車のついた患者用の台に移される。これでいい。あとは医者がなんとかするだろう。おれはほっとした。老紳士は台の上で、苦しげな息づかいでおれを呼びとめ、ポケットから小さな箱を出して言った。

「お、お願い。こ、これを、ぜひ……」

そのあとの言葉は聞きとれなかった。おれはそれを受けとってやった。他人に見られては困る品で、預かっておいてくれとでも言おうとしたのだろうか。あるいは、おれへのお礼なのだろうか。こっちのほうだろうな。なにしろ、義理もないのに、あれだけ親切にしてやったのだからな。

おれはいい気分だった。それを味わいながら夜の街を歩く。どこをどう歩いたのだろうか。いまのがどこの病院だったのか、そのことは、もうおれの頭にはない。そのほうがいいのだ。自分の善行をいつまでもおぼえているなんて、こんないやらしいことはないものな。人助けしたことも早く忘れてしまおう。もっとも、努力しなくても、おれはそういう性格。すぐ忘れてしまう。

道のそばに大きなホテルがあった。ためしに入ってみて「いちばんいい部屋はあるかい」と聞き、金を前払いすると、すぐ案内してくれた。おれのポケットにはけっこう金があるのだ。ぜいたくな気分を味わうのもいいものだ。

静かな部屋にひとりのせいか、ぐっすり眠れた。つぎの日の昼すぎ、おれは満ち足りて目ざめる。

なにかをしなくてはいけないような感じが、頭のどこかにひっかかっている。タバコを吸えば考えがまとまるかなと思い、そのうち、タバコを吸うことがおれのなすべき行動のように思えてきた。それをしよう。

ベッドから出て、服のポケットをさがす。しかし、タバコはなく、小さな箱が出てきた。

「なんだ、これは……」

あけてみると、きらりと光がまぶしく反射した。宝石。ダイヤじゃないのかな。水飲みグラスをこすると、ガラスの面に傷がついた。どうやらダイヤのように思えるがな。

ひとりで考えてたって、結論はでない。こういう場合は、専門家に聞くのが早道だ。そとへ出て宝石店をさがす。大きな店のほうがたしかだろう。信用できそうな店をさがし、おれはそれを店主に見せて言った。

「これ、ダイヤのような気がしてならないが、どうだろう」

店主は拡大鏡で眺め、目を丸くした。

「これは大変なねうちの品です。どこでお求めになられたのですか。外国でございましょう」

「よくおぼえていない。わたしは過去のことなど、どうでもいい主義でね」

「これは、おうようなご性格で。それにしても、みごとなダイヤでございますな。手前どもにおゆずりいただけるとありがたいのですが。とびきり高価なお値段をつけさせていただきます……」

店主は熱心にすすめ、おれが迷っていると、どんどん値をつりあげてきた。おれはうなずいた。

「そうだな。そうするか」

「ありがとうございます。では、こちらの応接室でしばらくお待ちを……」

やがて、店主が戻ってきた。となりの銀行に、おれ名義の小切手帳を作り、入金帳といっしょに持ってきたのだ。おれはその金額をたしかめ、宝石を渡して言った。

「なにはともあれ、商談成立でおめでたい。祝杯をあげたい気分だ。いっしょにいかがです」

「けっこうですな。わたしがいいバーを知っております。ご案内いたしましょう。手前どもでおごらせていただきます」

招待しておけば、またおれがダイヤを売りに来るだろうと、店主は計算したようだ。

高級で、美人のたくさんいるバーだった。チップをばらまき、おれたちは大いに飲み、たのしくやった。宝石店主はおれに聞く。

「こんなことをうかがうのはなんですが、あのお金はどうお使いになるのですか。事業でもはじめられるのですか」

「そうだ。まだそれを考えてなかった。考えなければならないことだな。あっということをやりたいものだ。事業も悪くないが、もっと派手なことのほうがいいな。うん、冒険なんかいいな。それをやろう」

「どんな冒険をなさるのですか」

「そうだな。人類史上、初の壮挙というものでなくてはだめだ。赤道をたどっての地球一周なんてのはどうだろう。南太平洋から出発する。海上を歩くわけにはいかないから、小さいが性能のいいヨットで、島々をぬってひたすら東へ進む。そこから南米に上陸し、赤道をたどってまっすぐに進むのだ。ジャングルのなかに道を作りながら進むことになるだろう。それから大西洋を渡り、こんどはアフリカ大陸の山々を越える。さらにインド洋からインドネシアをめざすのだ。かくして地球を一周する。すでにだれかがやってるだろうか」

　おれが言うと、バーの女が口を出した。

「空想した人はあるかもしれないけど、実行した人はまだいないんじゃないかしら。

すばらしい計画ねえ」

「つねに太陽ののぼる方角、明日の方角である東をめざし、つき進むのだ。おれの性格にふさわしい行動だ。信じられるのは、現在から明日にかけての発展だけだ」

「すごく男性的なのね。魅力的だわ」

「それに成功したら、つぎは南北の方角での地球一周をやる。北極から出発するのだ。ヨーロッパを北から南へと直線的に縦断する。地中海を渡り、アフリカをさらに南下。それから南極。そこを越えたら、こんどは反対側の地球をふたたび北へと進み、北極へもどる。サンタクロースの現代版というやつだ。各地でばらまくプレゼントは、地球規模の思考、国境撤廃の思想、未来への希望、現代を生きる勇気、いいことばかりだ」

「楽しい冒険旅行ね。あたしもいっしょに行きたいわ」

彼女はうっとりしている。

「いいとも。にぎやかで、はなやかなほうがいい。学術的で悲壮で深刻な冒険なんてのは、もはや過去のもの。そんなのは忘れ去られるべきものだ。うんと派手にやろう。さあ、景気よく飲んで前祝いをやろう」

おれはホテルの部屋を事務所にし、その一連の冒険計画に熱中した。企画書を作り、スポンサーの募集に走りまわった。派手にやるにはスポンサーをつけたほうがいい。地球を縦横に一周する現代の十字軍だ。楽隊を連れ、ビラをまき、商品見本をくばりながらのほうがにぎやかというものだ。

資金はどんどん集った。無一文でやるのではなく、おれが元金を用意しての計画なのだ。自己資金だけでもできるが、なんでしたら協力をと持ちかけると、どの企業も好意を抱いてくれ、後援者はふえる一方だった。

しかし、南極大陸を越えるとなると、政府から関係各国に働きかけてもらわなければならない。おれはその交渉のため役所へと出むいた。

「こういうわけです。未来への夢をかきたて、国際親善、平和のきずな、国威発揚です。いいことずくめ。よろしくお力ぞえを……」

しかし、担当の役人は書類をぺらぺらとめくり、ふんと笑った。

「こんなことやって、どんないいことがあるんです。なにが国威発揚だ。わが国の評判を落すばかりですよ。いい気分になるのは、あなただけ。あなたの売名の手伝いを、なぜ国がやらねばならんのです。ばかげている。なにがサンタクロースだ、ドンキホーテのほうでしょう。ばかばかしい……」

鼻であしらわれ、おれの腹のなかは煮えかえった。

「ばかとはなんです。このやろう。この立派な計画をばかにしやがったな。なんたる官僚的。民間人の創意をふみにじりやがった。どうするかみておれ」

おれは優秀な弁護士をやとい、行政訴訟をおこした。それと同時に、大規模な抗議運動をはじめた。役所の横暴を攻撃するパンフレットを大量に印刷し、あらゆる方面にばらまいた。なにしろ、資金はいくらでもあるのだ。あくまでやるぞ。これがわが使命なのだ。おれは未来をめざし、現在を戦い抜く行動の男なのだ。

おれは新しい抗議方法を考え出し、実行に移した。若者たちをやとい、トラックにのせ、ギターをかなでさせ、スピーカーで歌わせたのだ。〈官僚横暴のブルース〉というやつをだ。そういうトラックを何台もつらね、官庁街を走らせた。先頭のトラックの上におれが立ち、旗をふりまわす。いい気分だ。男ジャンヌ・ダークとはおれのことだ。

テレビ局をはじめ、マスコミは大喜びだった。こんなに喜んでくれるのなら、もっと大がかりにやろう。トラックをもっとふやし、きれいどころの女性をのせ〈官僚批判音頭〉を踊らせるとするか……。

しかし、そのうち機動隊が行手をさえぎった。不法集会だから解散しろと言う。卑劣なる国家権力は、ついに弾圧を開始したのだ。おれの闘志はいよいよ高まった。不法なのはどっちなのだ。こんなことでいいのか。おれはトラックから飛びおり、旗をふりまわし、あばれこんだ。

乱闘といいたいところだが、正確なところは二、三人の警官をなぐっただけで、たちまち逮捕されてしまった。公務執行妨害だという。そして、留置場にほうりこまれてしまった。おれが黙秘権を行使していると、老練なる弁護士がかけつけてきてくれた。なにしろ資金はあるのだ。金をつみ、保釈となった。

保釈にはなったが、裁判はおこなわれる。弁護士はおれを病院に連れていった。精神鑑定により無罪に持ちこむ作戦がとれるかどうかを知りたいらしい。

病院の若い医者は、各種の性格テストをおれにこころみ、長い時間かけていろいろと調べた。そして、結果を弁護士にささやく。弁護士はがっかりしたような表情になった。

なんだか気になる。おれは医者に聞いた。

「どうなんです。診断を教えて下さい」

「いま弁護士のかたにもお話ししたんですが、早くいえば正常ということです。ひとむかし前でしたら、あるいは異常との判定が通用したかもしれませんが、現在ではあなたのような性格は普通といえましょう。いまの世の中、あなたのような人が大部分ですよ」

別れの夢

その男は夢を見た。あと味のよくない夢。彼の最も親しい友人があらわれ、さびしげなというか悲しげなというか、そんな表情をし、かすかな声で言ったのだ。

「さよなら」

「いったい、どうしたというんだ」

夢のなかで男は聞きかえす。しかし、友人はそれに答えることなく、手を振りながらどこへともなく消えた。

翌朝、目がさめてからも、男はいやな気分だった。なんであんな夢を見たのだろう。しかし、やがてうなずく。あいつになにか起ったのではないか。あいつはいま旅行中のはずだ。旅先で死んだのにちがいない。そして最も親しかったおれの夢にあらわれ、別れを告げたのだろう。気の毒なことだ。

男は友人の留守宅に電話をかけてみた。

「もしもし、ご主人からなにか連絡は」

「いえ、べつに。でも、なぜですの」

夫人はふしぎそうに聞きかえした。

男は言葉をにごして電話を切る。死亡したのならもう判明していていいはずなのに、それらしいようすはなかった。

それなら、どういうことなのだろう。男は外出し、ぼんやりと考えながら歩いた。

その途中、不意に夢の意味がわかった。あれはやはり、もう二度と会えないという、別れを告げる夢だったのだ。しかし、気づいた時はもはや手おくれ。男は車にはね飛ばされ、道路に激突しようとする寸前だった。

少年と両親

「やい、おやじ。だれがこの世に生んでくれとたのんだ。おれじゃないぜ。そっちが勝手にしたことだ」

十七歳の少年が両親にむかって、あくたいをついていた。むちゃくちゃな論理。父親も母親もこの文句をあびせられると、いつも困ってしまうのだ。

「おい、答えられるのなら、答えてみたらどうなんだ」

少年がまた言った。だが、父親は首をうなだれて悲しげな表情を示すばかり。母親はおろおろとそのへんを歩きまわるが、それは計画や目的のある行動ではなかった。

「おれは金がいるんだ。遊ぶこづかいがいるんだ。出してくれよ」

少年はどなり、つばをはいた。母親は部屋の床に身をかがめ、それをぬぐい、涙を浮べながらとぎれとぎれに言う。

「でも、おまえ、このあいだ、あげたばかりじゃないか」

「なんだ、あれっぽっち。仲間とばくちをやって、たちまちすってしまった。金が少なかったのがいけねえんだ。もっと金があれば、つきがまわって取りかえせたんだ。おれのせいじゃねえ。金を出し惜しんだ、そっちがいけねえんだよ……」

少年は壁をけとばした。大きな音がひびく。十七歳とはいっても、からだは大きく健康そのもの。力は強いのだ。とても制止できるものではない。父親も母親も、どちらかというと弱々しい体格だった。

話が思うように進展しないので、少年はいらだち、部屋の中央にある机に手をかけた。かなり重いのだが、少年のたくましい腕はそれを持ちあげた。しかし、両親は逃げようともしなかった。父親は悲痛な声で言う。

「いっそのこと、それをわたしにぶつけてくれ……」

「そうはいかないよ。おれは金がほしいんだ。その泉をつぶしちゃうほど、おればばかじゃねえ。おやじは金の卵をうむ鳥ってわけさ」

少年は机をほうり投げた。それは窓のガラスをこなごなに割り、庭へ落下し、ばらばらにこわれた。母親は少年のそばに近よって言う。

「腕から血が出てきたよ。いま飛び散ったガラスのかけらで、けがをしたんだね。ばい菌が入ると大変だよ。早く消毒し、お薬をつけましょう」

「なにいってやがんだ。よけいなおせわだよ。なんだ、こんな傷。おれのいるのは手当てじゃなくて金さ。早くおくれよ」

　少年は母親をふり払った。彼女はころげ、床にすわりこみ、めそめそした声でつぶやくように言った。

「ああ、こんなことになるのなら……」

「どうだっていうんだ……」

　少年はわめき、母親は無言。その沈黙の空気を少年は腕をふりまわしてかき乱し、つばを飛ばしながら言いつづけた。

「わかっているさ。もっときびしくしつけりゃよかった、と言いたいんだろう。たしかに今まで、なんでもやりたいことをやらしてくれた。おれが物心ついたころから、なんでも望みがかなった。欲しいものは買ってもらえ、食いたいものが食えた。勉強したくねえと言ったら、それですんだ。遊びたいことはなんでもやらせてくれた……」

　父親が口をはさむ。

「おまえのためを思ってのことだった……」

「それがいけねえんだ。甘やかしたのがいけねえんだ。おれがこんな不良になったのは、おれのせいじゃねえ」

あたりちらす少年に、母親はふるえ声であいづちを打つ。

「そうだねえ。おまえの言う通りだよ。悪いのはあたしたちのほうだよ」

「おれを時にはぶんなぐってくれりゃあよかったんだ。いくじのねえ親がいけねえんだよ。そっちにできねえのなら、おれが自分で死んでみせる」

少年はガラスの破片を拾い自分の手首にあて血管を切ろうとした。両親は顔色をかえて飛びつく。

「あ、それだけは思いとどまっておくれ。やめておくれ。おまえに死なれでもしたら……」

はれものにさわるように両親は少年の両側にすがりつき、長い長い時間たのみこむ。やがて少年はうなずき、ガラスを投げすてる。ガラスはなにかに当り、さらにこまかく砕ける音がした。少年はあざ笑いを浮べる。

「ふん、死ぬ気なんて、はじめからないさ。芝居だよ。おれが死ぬなんて言うと、いつも大あわてする。面白いったらねえ。それが見物したかったのさ。だが、よお、そんなにおれがかわいいんだったら、早く金をおくれよ。なあ……」

少年のいつもの手だった。みえすいた単純なもの。だが、毎回それが効果をあげるのだ。父親は手でひたいを押え、うめくような声で言う。

「わたしだって、おまえに好きなように使わせたい。しかし、うちには金がないんだ。ここをわかっておくれ。がまんしておくれ」

「わからねえし、がまんなんか、したくないね。うちになけりゃあ、よそから借りてくりゃあいいんだ。この理屈のほうがわかりやすいぜ。こないだも、ないないなんて言ってたくせに、なんとかなったじゃないか。おれがばくちで負け、その金を取り立てに腕っぷしの強そうな男が、うちに乗りこんできた時だった」

「あの時は、あのままだと、おまえがどうされるかわからなかったからだよ。へたをしたら、殺されかねないようだった。それで、むりをして金を借りてきた。しかし、もう無理はきかない。ほんとなんだよ」

「どうだかねえ、わかるもんか……」

「借りられるところからは、もう借りつくしてしまったんだよ」

「そんならいいよ。おれが金を作る。いい店を知っているんだ。そこへ強盗に入ってやる。いくらかは手に入るさ」

少年のやけくその言葉を聞いて、両親はまた青ざめた。

「とんでもないことを。非常ベルがあるかもしれないじゃないか。かけつけてきた警官に射殺されでもしたら、どうなる……」

「知らねえな。うたれたら、死ぬかもしれねえな。だが、よお、金がなく、面白いこともない世の中じゃあ、みれんもないさ」

どんな説得も嘆願も、少年に対してはききめをあらわさなかった。そして、ついに両親は屈服した。いつもそうなのだ。父親は母親とひそひそ声で相談したあげく、少年に言う。

「じゃあ、なんとかしてみるよ。金を借りに行ってくる。待っておくれ」

父親は外出着にきかえ、悲しげなうしろ姿で外出していった。あとに残った少年は母親にどなる。

「おやじ、てこずらせやがるなあ。早くそうすりゃあいいんだ。ちきしょう。金を待つあいだ、睡眠薬でも飲むか」

「そんなことをしてはいけないよ。からだによくないよ。べつなことをやっておくれ」

「べつなことは、金がないんじゃしかたないじゃないか。どうすりゃあいいんだ」

「そうだったね。おまえの言う通りだね。あたしの持っているお金をあげるよ。少ししかないけどね」

母親は財布を持ってきて、その中の全部を少年に渡した。

「さっきは金がないって言ってたくせに、あるじゃないか。しかし、これっぽかりじや、金とはいえねえな。でも、しかたねえ。もらっとくよ」

少年はポケットにねじこみ、外出しようとした。母親は心配げに声をかける。

「どこへ行くんだね。ボウリングかい」

「あんな遊び、ばかくさくって。どこへ行こうと、よけいなおせわさ」

「でも、けがをしないように気をつけておくれ。危ないところへ行くんじゃないよ」

「よけいなおせわだ」

母親はひとりになり、力なくうずくまる。いつものくりかえしだった。ずっとつづいてきた毎日なのだ。


「やい、だれがおれを生んでくれとたのんだ」

少年が言った。両親は悲しげな表情でそれを受けとめる。何回もくりかえされてきたことなのだが、なれることはない。

「おい、答えられるものなら、答えてみたらどうなんだ」

少年がまた言った。だが、父親は首をうなだれ、困惑に沈む。母親は目的もなく、おろおろと歩きまわるばかり……。

その時、第三者の声がした。

「答えてやろう。たのんだのは、わたしだ……」

少年はそちらをむく。三人の男がいた。ひとりは事務的な表情の小柄な男。うしろについている二人は、無表情だが体格のいい男。少年は言いかえす。

「だれだ、てめえたち。これは家庭内のことなんだ。勝手に入ってきて、よけいな口出しはしてもらいたくねえな」

事務的な表情の男は答える。

「いや、わたしには口を出す権利があります」

「そうかい。警察かなんかかね。それとも、青少年補導センターのたぐいかかい。しかし、おれを連れてくには、両親の承諾がなけりゃだめなんだろ。このかわいいおれを、両親がよそに渡しっこないさ。あきらめて、さっさと帰んなよ」

少年の確信にみちた声。だが、相手の口調にもそれがあった。

「いや、渡すね。そういうことになっているんです。そうでしょう、ご両親」

父親は口もとをゆがめながら言う。

「はい。しかし、あなたがきょうおいでになるとは。予告ぐらいなさって下さるかと思っていました。あまりに早すぎますよ」

「予告しなかったのは、そのほうがいいからです。いままでの例で、予告をすると、とかく困ったごたごたが起っていますのでね。早すぎる件については、そちらもご承知のはずです。いろいろと追加のお金をお渡しした。そのため時期を早めさせていただいたわけです」

会話を聞きながら、少年は不安げな目つきになり、事務的な表情の男に言った。

「いったい、あんた、だれなんだ。どういうことになってるんだ。用件があるんなら、早く片づけて帰ってくれよ」

「申しあげましょう。わたしどもは臓器流通機構の者です。非合法の秘密の組織ですが、あなたはもう他言できない。ですから、ご説明いたしましょう。人体臓器移植が開発され、ずいぶん改良進歩をとげましたが、供給がはなはだ少ない。あったとしても病人です。若く健康なのはまことに貴重です。そこで、ほうぼうのご夫婦を説得し、契約をなし、子供をうんで育てていただくというわけで……」

「お、おれがそれだと……」

「はい。さようでございます」

「いま連れてこうというのか」

「はい。契約の期限がまいったというわけでございます。多くの善良な心の人びとが、どんなに待っていることか。臓器はあますところなく活用されます。もっとも、脳だけはべつですがね」

もはや、すべてがあきらか。少年は両親にたのむ。

「おとうさん、おかあさん。助けて。おれを渡したりはしないだろう……」

しかし、両親はいつもの悲痛な表情のまま、だまって視線をそらす。

「ひどい。こんなことってあるか……」

少年は叫び、逃げ出そうとした。しかし、男たちは、なれた手つきでとりおさえ、麻酔薬をかがせた。あばれる力は急速に弱まる。薬が完全にきく寸前、少年はなにか言いたげだった。声が出ないので、目で告げようとした。しかし、涙が少しにじんだだけで、まぶたはすぐにとじてしまった。

事務的な表情の男は、他の者に車へ運ぶよう指示してから、両親に言った。

「では、いただいてまいります。けがも病気もなく、良質なもののようです。契約にしたがい、いままでお渡ししたのと同額の金、残りの半金というわけですが、それは近日中におとどけいたします。あ、それからいいお知らせがございます。なにしろ最近、臓器の相場が非常に値上りいたしました。あとで、その利益配当もさしあげられるでしょう。かなりの額になりますよ。おたのしみに。いい投資をなさいました。あなたがたの老後は、やすらかなものとなりましょう」

ねらった金庫

二人組の泥棒が相談しあっていた。彼らはあまり優秀な泥棒ではなかった。といって、そう間抜けでもない。つまり、ふつう程度の泥棒といえた。

「なにか、うまい仕事はないものだろうか。このところ収穫がなく、不景気だ」

「そうだな。忍びこみやすく、盗みやすく、持ち出しやすく、そして金になるといったものは、どこかにないだろうか」

しかし、そうつごうのいい存在など、むやみと世の中にあるわけがない。彼らは腕を組み、首をかしげ、計画をきめかねていた。そのうち、一人がひざをたたいて言った。

「そうだ。思いついたぞ。エフ博士の研究室などは手ごろだ。あの先生、研究熱心なためか、そのほかのことについては、いささかだらしない。あそこなら簡単に侵入できるだろう」

「それはたしかか」

「ああ、いつか窓ごしにのぞいてみた。たいした戸締りではなかった。ガラスを割れば、なんとか忍びこめる」

「そして、なにを盗むのだ」

「研究室のすみに大型の金庫があった。あのなかには、きっと貴重な研究の資料が入っているにちがいない。あるいは、すごい発明の試作品かもしれない。いずれにせよ、高価に売れるものだ。わずかな金など盗むより、はるかに賢明といえるだろう」

「うむ、それはすごい。しかし、問題は金庫だな。うまくあけられればいいが」

「その点は大丈夫だ。金庫にかけてなら、おれには自信がある。あの金庫は大型で物々しいが、旧式のやつだ。たいして時間をかけないですむだろう」

「なるほど……」

「また、非常ベルについても、いろいろと研究し調べてある。どんな種類のがついているかは、見ればわかる。鳴らないようにすればいいし、手におえない装置なら引きあげればいい。どっちにしろ安全だ」

「おれはなにをすればいい」

「おまえは金庫をあけるまでのあいだ、見張りをしていてくれればいいのだ」

「わかった。拳銃《けんじゅう》を持っていこう。だれかがやってきたら、それでおどかしてやる」

この二人組の泥棒、一人は金庫をあけたりするのがうまく、もう一人は腕っぷしが強かったのだ。おたがいにその長所を発揮しあい、いままでのところ、うまくやってきた。

かくして作戦がねられ、あとは実行があるばかり。二人は必要な道具などをそろえ、準備をととのえた。

二人は夜になるのを待ち、エフ博士の研究室へと近づいた。研究室は郊外の林のなかにあり、人に見とがめられることなくたどりついた。

そっと様子をうかがうと、室のなかは暗かった。博士は帰宅してしまったのだろう。窓ガラスのそとから懐中電灯で照らすと、想像したとおり、室内にはだれもいない。すみのほうには大きな金庫があった。仕事はそうむずかしそうに思えなかった。ひとりは音をたてないようにガラスに穴をあけ、そこから手を入れて鍵をはずした。

窓は開き、たやすくなかに入ることができた。いささか不用心すぎる感じさえする。学者とはひとがいいものなのかもしれない。机の上には書きかけの設計図のようなものがのっており、計算したメモが散らばっている。また、工作用具のたぐいも乱雑に置いてあった。しかし、二人にとっては、そんなものはどうでもよかった。

「さあ、おれは金庫をあけにかかる。おまえはよく見張っていて、人のけはいがしたら知らせてくれ。むやみに拳銃をうつなよ」

そして、一人は金庫と取組んだ。まず注意してまわりを調べ、非常ベルのついていないことをたしかめ、あけにかかった。そのあいだ、もう一人は拳銃を手にし、油断なくあたりを警戒した。

「どうだ、まだ時間がかかりそうか」

一人がいらいらした声をあげたが、もう一人は落ち着いて答えた。

「そうせかすな。たいした金庫ではないから、まもなくあけることができる」

静かななかで作業が進み、やがてそれが終った。

「お待ちどおさま。やっとすんだ。さあ、あけるぞ。いよいよ、なかのものを手にすることができるのだ。胸がどきどきするな」

「どんなものが入っているのか、早く見たい」

金庫のとびらは開かれた。そのとたん、なかからなにものかが勢いよく飛び出した。のぞきこもうとしていた二人は、あわてて身をかわし、ぶつからないですんだ。

「なんだ、いまのは……」

二人は同じように驚きの叫びをもらした。おそるおそる懐中電灯をむけると、それは犬だった。二人にむかって、大きな声でむやみとほえはじめた。しかも、いまにも飛びかかり、かみつきそうだった。

なんで犬が出現したのか、わけがわからない。しかし、いまは原因を考えるより、どうすべきかを考えるほうが先決だった。

口笛を吹いてみたが、おとなしくならない。困ったあげく、拳銃を持っていた男は、ついに引金をひいた。轟音《ごうおん》が響いた。

あわてていたため一発目ははずれたが、二発目と三発目は命中した。それなのに、犬はなんともない。あいかわらずほえている。

「これは、どういうことなのだろう」

あらためて犬を観察しなおした男が言った。

「倒れないのもむりはない。あれは金属製のロボットの犬だ。拳銃の弾丸では歯がたたない」

「しかし、なぜロボットの犬が金庫に入っていたのだろう」

「わからない。そんなことより、問題は早くここから逃げることだ」

逃げようといっても、窓とのあいだには犬がおり、飛び出せそうになかった。また、ドアから出ようにも、鍵を外しているうちに、犬にかみつかれそうだった。かまれたら、普通の犬よりはるかに痛いだろう。二人はどうしたものかと迷い、ふるえながら立ちすくんだ。

「もうだめだ。あいつにやられてしまう」

「まて、あきらめるのは早いぞ。いい逃げ場があった。このなかにかくれるのだ」

それは、そばの大きな金庫のなかだった。もはや、ためらっているひまはない。二人は急いでなかに入り、とびらをしめた。とびらは鉄でできており、さすがのロボット犬も入ってはこれない。きゅうくつではあったが、いちおう難をのがれ、二人はほっとした。

朝になり、エフ博士は研究室へやってきた。そして、金庫に入れておいたはずの犬が、そとにいるのを見つけた。

「うむ、きのうの夜、泥棒が入って金庫をあけたというわけだな。まだ試作品の段階だが、はたしてうまく役立っただろうか……」

金庫に耳を押しつけると、なかで人のけはいがする。博士は満足そうにうなずき、金庫の前のロボット犬の頭をなでながら言った。

「……みごとな効果だ。この働きはじつにすばらしい。においによって主人以外の人物をみわけ、勢いよくほえついてくれる。しかし、勝手に金庫をあけようとしない善良な人には、なんの害も与えない。こんな優秀な番犬はないだろう。それに、泥棒をいけどりにしてくれるのだ。さて、警察に電話して、泥棒を引きとってもらうとするか。そして、ロボット犬には金庫のなかに戻ってもらおう。そのうち、また泥棒をつかまえてくれることだろう」

価値検査器

小さな研究所をやっていた老博士が、死の寸前、助手のエヌ氏を呼び寄せて言った。

「わしは長いあいだ研究を重ね、やっと、ある装置を完成した。おまえは優秀な助手とはいえなかったが、安い給料に文句もいわず手伝ってくれ、感謝している。だから、その装置、すなわちこれを形見にやる」

小型の懐中時計といった形で、コードが伸び、その一端に聴診器の先のようなものがついている。エヌ氏は質問した。

「なんですか、これは」

「万能価値検査器だ。この一端を調べたいものに押しつける。すると、文字盤の針がゆれる。右にゆれたら価値があることを示しているというわけ。左にゆれたらその逆だ。そういう性能のものなのだ……」

その言葉を最後に、老博士は死んだ。

かくして、万能価値検査器はエヌ氏の所有するところとなった。はじめのうちはまごつくこともあったが、そのうち、なんとか使い方のこつをおぼえこんだ。

使いなれてみると、その性能のすばらしさに、エヌ氏はあらためて感心した。いかなるものも、その価値を正確に、しかも一瞬のうちに知ることができるのだ。

とりあえずエヌ氏は、小さな店を開いた。雑貨屋のような店だが、時とともに確実にお客がふえていった。それもむりはなかった。仕入れで失敗することがない。万能検査器を使えば、不良商品を買い込まないですむ。針が左にゆれると、彼はだまって首を振る。事情を知らない問屋の販売員たちは、エヌ氏をすごい商品知識の持ち主と思いこみ、内心で舌を巻くのだ。

針が右にゆれる時も、そのゆれぐあいを見ながら値切る。高値で仕入れてしまうこともない。というわけで、エヌ氏の店の品は良質なものばかり。お客からあとで苦情を持ちこまれることもない。店の信用は高まる一方だった。

「万事順調だ。おもしろいように金がもうかる。よし、店を拡張しよう」

エヌ氏は商売の規模をひろげ、スーパー・マーケットをはじめた。そして、それもまた順調な経営だった。あの万能価値検査器は、物品だけでなく人間にもその作用を示すのだ。つまり、価値のある人間とない人間とをみわけてくれる。

人員を採用する時、そいつに押しつけてみて針が左にゆれれば、いかに正直そうな顔をしていてもやとわない。逆に針が右にゆれれば、高給を払って働いてもらう。いい社員ばかりをそろえることができたというわけ。使いこみなど、不正な事件のおこるわけがない。また、検査器をそっと使うことで、その針のゆれによって昇進やボーナスをきめる。不平不満の声のあがるわけがない。

利益はあがる一方だった。エヌ氏はさらに美術商の分野へも手をひろげた。美術商をやるには、鑑定眼のあることが必要。そして、彼には価値検査器がある。つまり、だまされて偽物をつかまされる心配はないのだ。だから、お客への信用はますます高まる。

またエヌ氏は、不動産会社をも作った。検査器を地面に当て、その針のゆれぐあいを見るだけでいい。分譲する時、お客を検査すれば、代金を取りはぐれることもない。

以下同様、エヌ氏は成功への道をひたすら歩きつづけた。

その一方、エヌ氏は結婚もした。説明するまでもないことだが、検査器を使うことにより、善良で貞淑な女性を妻とすることができた。

ここに至るまでのあいだ、エヌ氏はさまざまなものに検査器を当ててみたが、まだ試みてないものが一つだけあった。それは自分自身。その判定を知るのがこわい気もしたのだ。そのことがずっと頭にひっかかり、成功者となった今も、なんとなく落ち着かない。

ある夜、エヌ氏はついに決心し、検査器の一端を自分に当ててみた。そして、手のなかの文字盤をおそるおそるのぞく。針は右のほうに大きくゆれていた。彼はほっとし、喜びの声をあげる。

「ばんざい。おれはやはりえらいのだ」

その声を聞き、夫人がやってくる。

「なんですの、大声をあげたりなさって。その変な装置に関係がありそうですのね。前からふしぎでならなかったんですけど、それ、いったいなんの機械ですの」

「おまえが信用できる性質であることは、よくわかっている。だから秘密を話してあげよう。これはだな、価値検査器というものだ。この一端を調べたいものに当て、針のゆれを見るだけでいい……」

「すばらしいものね。あたしにもいじらせて」

夫人はそれを借り、そのへんの品物に当ててみる。針はみな右にゆれる。つまり、周囲にあるのは高価な品ばかりなのだ。彼女はふざけながら、エヌ氏にも当ててみる。針は左に大きくゆれた。

「あら、あなた。これ、どういうこと……」

装置を身につけていれば、エヌ氏はたしかに大変に価値ある人物だ。しかし、それがなければ、ただのつまらない人間にすぎない。

企業内の聖人

ある会社に、ひとりの男が入社してきた。社の関係者の口ききとかいう特殊なものでなく、入社試験に合格という平凡な結果によってだった。

人のよさを絵に描いたような顔をしていた。採用かどうかをきめる試験委員たちは、みなその男にいい点をつけた。形容すれば、この男に限って、いかなる環境におかれようと決して悪事はやらないだろう、といった顔つきだったのだ。

ほかの入社志願者たちには、なんとなく抜け目のなさみたいなものがある。そういう連中のなかにまざっているので、その男がとくにそう思えたのかもしれない。

また、試験委員たちは、その男があまりに善良そうなので、落第点をつけるのをためらったのかもしれない。こいつを入社させないのなら、自分にも在社している権利はないのではないかといった気分。

入社したその男は、営業部に配属された。そして、集金の仕事を担当させられた。こいつなら集金をごまかしたりしないだろう、との印象によるものだった。

まもなく、男は一週間の出張を命じられた。集金のためいくつかの取引先をまわるのだが、そのなかに問題のある店が含まれていた。社員が出かけていっても、うまくまるめこまれ、わずかな集金で帰らざるをえないという、あつかいにくい主人のいる店だ。

男は元気よく出かけていった。上役は、期待と不安をもって見送った。一週間がたち、男は帰社して報告した。

「集金をしてまいりました……」

上役はうなずいて聞き、感心した。前任者たちがてこずっていた店から、売掛金のほとんどを回収してきたのだ。

「これはすごい。前例のない手腕の主だな。よくやった。で、ほかの店は……」

「いえ、今回はこれだけです。あとはつぎの出張のときに……」

その返事の言葉に上役はとまどい、何回も聞きなおし、やっと事態を知り、きもをつぶした。この男、一軒の集金に一週間を費やしたのだ。なんということだ。

「信じられん……」

上役は怒るのも忘れた。そんなことをされては、収支がつぐなわなくなる。上役はひとりになってから、もしかしたらこいつ、寄り道をして遊んでたのじゃないかと疑った。そこで、たしかめるべく、その取引先に電話を入れてみた。

「先日、うちの社員がうかがって……」

すると、相手の返事。

「いやあ、こんどの社員のかたは、じつに立派ですな。あんなまじめなかたは、はじめてです。負けました。酒席への招待のたぐいは一切うけつけず、こっちの煙に巻こうとする作戦にもごまかされず、ひたすら誠心誠意、店に日参なさいました。こっちとしては、全額を払わずにいられなくなりました。あんな熱意のかたまりのような人はいない。いい社員ですな……」

遊んでいたのでなく、その店に通いつめていたことが判明した。社員をほめられたのにもかかわらず、上役は複雑な心境だった。非能率きわまることではないか。ふと、いやな予感をおぼえた。

つまり、その男の仕事ぶりは、それ以後もずっとそんな調子だったのだ。ひとつのことにとりかかると、それに心から没入してやりとげ、あとに好印象を残す。それはそれでいいことなのだが、給料分の働きになっていない。新入社員に対して「ほどほどにやればいいのだ」とも言えず、上役は頭を悩ました。

考えたあげく上役は、その男にべつな仕事をやらせることにした。

「集金はべつな者に代らせる。きみには新規の取引先開拓のほうをたのみたい」

「はい。社のためであれば、どんなことでも喜んでやります。そのような重要な分野にまわしていただき、心のひきしまる思いです」

男は張り切って答えた。おまえは無能だから交代させるのだとの意味なのだが、それが通じないのか、いやな顔ひとつしない。

かくして、たずさわる分野は変ったが、仕事ぶりはやはり同様だった。なまけているわけでなく、新しい取引先を確実に開拓はするのだが、それがまことにゆっくりなのだ。社が支払う給料に見合っていない。

だが、当人は毎日、元気に街へ出てゆく。

「社のために、心血をそそいでがんばります」

と大声であいさつをして出かける。事実その言葉どおりに熱心であり、当人もそれに生きがいを感じている。それだけに、しまつが悪いのだ。熱心とか誠実、正直さや愛社心、そういった徳目と企業内での能率とが、彼の上において一致していないのだ。また、同僚にくらべ成績があがらぬことで劣等感を感じてくれればいいのだが、残念なことに、そういうマイナス的な性格は持ち合せていないらしい。

彼は社の金を使っての、いわゆる社用族としての飲食はしなかったが、必ずしも酒を飲まないというわけではなかった。人づきあいが悪いということもなく、会社の帰りには同僚とともにバーに入ることもあった。

しかし、そこでもいささか変っていた。酒を飲みながら、会社や上役や同僚の礼賛をやるのだ。酔いというものは、一般に上役やその場にいないやつのかげ口を誘発するものだが、その男はそれをしなかった。しないというより、本質的にできないのだ。

といって、それにいやらしさはなかった。そばに上役がいて、それにおせじを言う図となると、こころよいものではない。しかし、彼は上役といっしょの時はおせじを言わず、つまり常識と逆なのだ。

同僚たちは、上役のたなおろしをさかなに酒を飲みたい時には、その男をさそわなかった。べつに彼を嫌悪《けんお》し、仲間はずれにするわけでもない。麻雀《マージャン》のできない者を麻雀にさそわないのと、そこに差はなかった。また、やつをさそわなくても、彼はそれをうらみに持たないだろうとの安心感もあった。

彼はひとりでバーに行くこともある。その時は、バーの女の子を相手に、会社や上役や同僚たちへのほめ言葉を、酔いとともにとどまることをしらず、しゃべりまくるのだ。心から楽しそうに……。

酔った時に人間の本性が現れるとすれば、その男の本性はまさに善といえるだろう。あまりに奇妙な酒癖なので、バーの女たちは珍しがり、いつのまにか社の連中にも伝わることとなった。

となると、彼へのかげ口はだれも言わなくなった。聖人のごとき人物を根拠もなくけなすと、なにかたたりがありそうではないか。彼の足を引っぱってみようかなとは、だれも考えなくなる。自分を持ち上げてくれるやつの足を引っぱるなど、いくらなんでもできない。自分は上役の批判をやっているが、彼はやっていない。その当人に、火のないところに煙をでっちあげ、上役にむかっての彼に不利なつげ口はちょっとできない。

また、かりにそれをやったとしても、どこに彼への同情者がいるかわからない。その上役がそうかもしれない。事実、上役もバーの女から彼が礼賛してくれているとの話を聞き、内心でいい気分になっている。

というようなしだいで、その男は会社内において、周囲のだれからも愛された。愛されないまでも、反感を抱かれたりすることは決してなかった。

しかし、心情的にはそうであっても、冷静な判断でとなると、こんな困った人物もない。営利事業を構成する一員としての資格が、まるでないのだ。社の利益に少しもつながらないばかりか、少額とはいえ損をもたらしている。それなのに当人は、会社に身も心もささげているつもりで、大満足という快感にひたっている。

直接の上役はいらいらした。あいつだって、なんらかの意味で社に貢献はしている、と考えたいのだが、いかに無形の要素を導入して計算してみても、そういった答えは出てこない。また万一、彼の性癖が他の社員たちに伝染しはじめたら、とんでもないことになる。

内心では「なあ、きみ。進むべき人生の道を誤ったんじゃないのか、もっとふさわしい職に移ったらどうだ」と辞職を勧告したいのだが、そうもできない。本人を前にすると、その文句が口から出なくなる。なにしろいいやつなのだし、かげでおれをほめたたえてくれている男なのだ。それを追い出すほど冷酷にはなれない。

強引にそれをやったとしたら、さぞ寝ざめが悪いことだろうなあ。当人に落ち度はなにもなく、愛社精神の権化なのだ。彼に同情する人びとがだまってはいないだろう。労組もさわぐかもしれない。

また、首にしたりしたら、彼は失意と絶望のあげく、本当に首をくくりかねない。彼の日常の愛社ぶりから、そんなふうにも思えるのだ。

それにしても、足手まといであることはたしかだった。周囲の者は、どうも調子が狂いがちになる。また、彼がいるためにその課の成績が落ち、ボーナスの額に影響してくる。だからといって、排斥する気にもなれない。人徳に対抗しうる力は存在しない。

なんということなく、周囲ではひとつの結論に到達した。祭り上げ。それができれば、いちばんいいのだがなあ。すべて丸くおさまる。そんなムードが発生し、具体的な運動になったりもした。他人を祭り上げるのなら、やましさを感ぜずに工作できる。

そして、それが実現した。彼はこう言い渡された。

「きみは課長に昇進ときまった」

「いえ、わたしはいまの地位でけっこうです。下積みで地味な仕事に励むのが好きなのです」

彼は本心から答える。下積みでいては困るからこうなったとは知らずに。

「それはわかるが、社の決定には従ってもらわなければならぬのだ」

まったく異例な昇進だったが、異議はどこからも出なかった。彼がいなくなった課は、以前の調子をとり戻し、いわゆる順調な進展という状態になった。

しかし、今度はその人柄をよく知らずに彼を迎えた課が困る番だった。いい課長であり、仕事熱心でもあるのだが、さっぱり能率があがらなくなった。つまらん報告書を、熱心に検討したりする。企業には、いいかげんさが必要なのだ。そのため、そのぶんを部下たちみんなで気をつかっておぎなわなければならない。よけいな重荷をしょいこんでしまった形だった。

といって、批判の声もあがらないのだ。「こんなことでは困ります」と直言しようにも、彼の前ではその声が出なくなる。その男の人徳というやつだ。かげへまわっても言えない。彼への好意の持ち主は多いのだ。愛社の念に燃え、おのれをむなしくして部下をかわいがる、熱意と誠意の結晶のような人物を、けなすのははばかられる。彼への不満は、心の奥にしまっておく以外にない。

しかし、企業にとってはお荷物だ。各種のデータにもとづきコンピューターの出した報告によって、このことを知った冷酷なる人事部は、一計を案じた。

おとり作戦を計画した。巧妙に彼をわなにかけ、それをたねに首にするのだ。反企業的な行為という事実をたねにすれば、追い出すという大義名分もたつというものだ。

ある下請け会社にいいふくめ、彼にリベートをにぎらせようとしくんだ。聖人をおとしいれる第一歩は、まず堕落させることだ。

その作戦が展開されたのだが、なんの収穫もあげられなかった。下請け会社の者は、人事部にやってきて、あずかった金を返しながら、そっと報告した。

「わたしの手にはおえません。世の中に、あんな立派な人物はいませんよ。筋の通らぬ金には、まったく手をつけようとはしません。なんであの人を追い出さなくてはならないのです。社の至宝といってもいい人でしょう。追い出したりしたら、社の評判が悪くなりますよ」

第一の作戦は失敗だった。つぎにはもっと非情な作戦。詐欺のたくみなグループに依頼し、彼の責任となるような形で、製品の取込み詐欺をやらせたのだ。企業にとっては損害だが、これでやつを追い出せれば、その利益でおつりがくる。

詐欺団と聖人では、勝負ははじめからついている。彼はみごとにひっかかった。待ってましたとばかり、上層部から彼に「早く解決せよ」との命令がとどく。

しかし、芝居は筋書き通りに進まなかった。なにしろ彼は責任感が強く、寝食を忘れて解決に熱中した。足を棒にして歩きまわり、詐欺団の一味を追いかけ、なんとか製品をかえすか金を払うかしてくれとたのみ、交渉を重ね、あきることなくつづけるのだ。

法律上は支払うことはないのだと突っぱねても、あきらめてくれない。暴力でおどかしてもききめがない。あげくのはて、人徳にひきこまれる。ついに詐欺団たちもねをあげ、人事部に泣きついてきた。

「せっかくのおたのみなので、やってはみましたが、もう手を引かせてもらいます。あいつにつきまとわれていたら、一生を棒にふりそうだ。なにしろ毎日つきまとわれ、つぎの詐欺もできない。それに、ああいういい人をだましたと思うと、いやな気分だ。そんな気分が高まってきたら、詐欺団の商売ができなくなってしまう」

かくして、取込み詐欺の一件は解決となった。人事部一同、このことで良心がうずき、深く反省した。コンピューターがどういおうと、とても彼を首にはできぬ。

この秘密計画を知らない者たちにとっては、彼が会社の損害を防止したものと見えた。なるほど、いざとなると底力を発揮する人物らしいと。現実は、ひそかにしくまれた芝居だったのだが……。

そのムードのなかで、また祭り上げ方式が採用された。それが企業のためであり、そうする以外にどうしようもないのだ。昇進の形で、社史編集室長という閑職へ移された。

だが当人は、いやな顔をするどころか、こんな意義のある仕事はないと、大張り切り。閑職などと思っていないのだ。そのくせ、張り切るわりに、ここでもいっこうに能率はあがらなかった。すなわち、二年かかって社史の一年分がやっと進行するという形なのだ。とんでもない仕事ぶりだ。といって、なんの手落ちもなく、社のためと大喜びではげんでいる者を排斥できぬこと、これまでと同じだった。

こうなってくると、またあれをやる以外にない。祭り上げ方式だ。社内においても、彼に対するこの手はずには、みながなれてしまっていた。文句も出ず、彼がいなくなると、その社史編集室の事務は以前の適当なる速度と、適当なるいいかげんさをとりもどし、すべてがうまくゆきはじめるのだった。

しかし、部長にしようにも、彼に適当なポストがなかった。どの部も敬して遠ざける。なるべく遠いところへ祭り上げたいというムードなのだから。

必要は発明の母。新しい部がそのために作られた。企画調整部という。なにもしなくていいという部なのだが、心の底からわきあがる愛社精神を押えられぬ彼は、じっとしていられない。おれはなにか仕事をしなければならぬのだ。しなければ社のために申し訳ない。

例によって、熱心になにかやろうとするのだが、その結果は他人のじゃまになる。つまらぬ企画をたて、他の部に口を出し、手伝おうとする。善意のあらわれなので、他の部はその相手をしなければならない。ほかの部長たちは、いい迷惑だ。こうなると、いつもの手段、祭り上げをやるしかない。

このような経過で取締役になった例は、ほかになかったのではなかろうか。いずれにせよ、部長たちはほっとし、各部門の運営はすべて能率的な回転となった。

この昇進ぶりを見て、まねを試みようと考える社員が、ないでもなかった。しかし、平凡な人間にできるものではない。苦痛でもあり、すぐにばけの皮がはげる。彼のごとき、うまれつきの聖人でなければむりなのだ。

かくして問題は取締役会にしわ寄せされた。前例のない若い役員なのに、それが一番の非能率なのだ。いちいち、かんでふくめるように説明してやらねばならず、それはさらにくだらぬ次の質問となって返ってくる。そのあいまに、この社につとめていることへの感謝の辞がはさまり、会議はとめどなく長引くのだ。

それが悪意にもとづくものだったら扱いは簡単だが、表裏のない愛社精神の発露となると、どうしたらいいのだ。批判の口火を切ることはだれにもできない。残された道はただひとつ。祭り上げだ。すなわち、社長へ。

新しい社長がうまれた。社内すべてにとっていい社長といえた。社員たちが連絡をとってひそかにおぜん立てをし、社長はそれに判を押すだけ。あとは公式的な行事に出て、公式的なことをやるだけ。社内はすっきりと満足すべき状態となった。祭り上げられるべき人物が、それにふさわしい地位におさまったのだから。

企業を悪用して私利をはかる心配もなく、人柄はおだやか、仕事のじゃまにもならない。社員からの反感もまったくない。

しかし、彼にとってはその逆だった。飾りのお人形と化しては、なんにもすることがなくなった。とめどなくわき出る愛社精神をもてあました。気力のもってき場がないような、気力が失われていくような……。

そのゆううつさは高まる一方。呆然《ぼうぜん》と社にやってきて、ロボットのごとく書類に判を押し、あとは新聞も見ず、ただ沈みこんだままという毎日。

そして、ある日、彼は発作的に社長室の窓から飛びおりた。五階であり、もちろん地上に達するとともに死んだ。

当人はそんな精神状態だったので、新聞も書類の内容も見ず、社員も報告していなかったので、社が危機にあったことも知らなかった。つまり、その社の製品の品質不良がもとで、社会に害が及んだという創立以来の大不祥事。新聞がそれをとりあげかけていた。大衆の怒りがここに集中しようとしかけていた時だったが、その矢先に社長が自殺してしまったのだ。こぶしのふりあげようもない。

各新聞社から記者がやってきて、だれかれとなく聞きまわった。そして、いたるところで死んだ社長をほめる言葉を聞く。だれもがほめ、けなす人はいなかった。社会的な責任を一身にしょって、天下に罪を謝すための覚悟の自殺をした高潔な人物にみえる。批難しようにも、ほこ先がにぶる。それどころか、賞賛すべきことでもある。炎はもえあがらず、丸くおさまらざるをえなかった。

しばらくの時がたち、社員たちはなにかというと思い出す。

「この社を救うために、神がつかわされた救世主じゃなかったのかな、あの人。いや、正しくは救社主と呼ぶべきかな……」

神なんか信じない連中なのだが、ふとそんなことをつぶやいたりする。

夢の時代

つとめ先の会社で、エヌ氏は熱心に仕事をしている。自動ベルトコンベアーによって、机の上へつぎつぎと送られてくる書類に目を通し、スピーディに片づけている。すばらしく能率的な仕事ぶりだ。そして休憩することもない。いいかげんに手を抜くこともない。べつに仕事ぶりを監視されているわけではないのだが、適当になまけたりすることもない。食事をしようともせず、席を立ってお茶やコーヒーを飲みにも行かず、トイレに行ったりもしない。

このようにぶっつづけに働くのだが、退社時刻がくればそれも終る。エヌ氏はまっすぐに帰宅する。途中でバーに寄ったり、ゲーム・センターで時間をつぶしたりもしない。

家についたエヌ氏は、そのまま、すぐに書斎に入る。食事なんかしないのだ。第一、空腹感もほとんどないのだ。

書斎にとじこもると、すぐに読書にとりかかる。読書といっても、くだらぬ小説のたぐいではない。経営学について、各種の分野の技術革新について、新しい分類法についてなど、仕事の役に立つ本ばかりをだ。エヌ氏は本を読みつづける。内容はどんどん頭に入る。必要に応じていつでもとり出せるよう、きちんと整理されて頭のなかにおさまるのだ。

しかし、いくらなんでも、このへんになるとエヌ氏もいくらか疲れてくる。これぐらいにしておくかな。彼は書斎を出て、寝室に行き、ベッドの上に横たわる……。

……そこで目がさめるというわけなのだ。

「あああ……」

エヌ氏はベッドの上にからだを起し、目をこすり、のびをする。それから、頭につけていた装置をとりはずし、スイッチを切る。

つまり、これは夢だったのだ。だから、腹もすかなければ、のどがかわきもしなかった。すべては、新しく開発されたこの頭につける装置による、夢の作用。

ただし、むかしの夢とは大いにちがっている。以前なら、夢は目ざめとともに忘れられ、どこへともなく消え、それで終りだった。

しかし、この新しい装置での夢は、そんなはかないものではない。夢の中で読書したことは、みんな頭の中に残っているのだ。装置と回線で連結しているコンピューターが、夢の中の読書という形で、頭のなかに情報を送りこんでくれたというわけ。

また、仕事についても同様。仕事をした夢を見たというだけのことではない。頭の装置によって脳波の変化が、エレクトロニクスでつとめ先に送られ、そこの事務器が動くのだ。現実に仕事を処理したという結果を残している。彼は確実に働き、仕事をやったのだ。

すなわち、この装置の開発により、いまや人類は、いやな仕事や勉強という作業を、夢のなかに完全に押しこめてしまうことに成功したのだ。すばらしいことではないか。

エヌ氏はつぶやく。

「あああ、毎日毎日、夢のおかげで疲れてしまうなあ。夢を見ているあいだはなんともないんだが、目ざめると疲れが出てくる。さて、これからゆっくり休養するか。目ざめるより楽はなかりけりだ」

エヌ氏はベッドに横たわったまま、酒を飲み、だらだらと食事をし、ぼんやりと寝そべったままテレビを眺める。時には麻酔薬を飲み、ピンク色の幻覚を楽しんだりもする。ほかにはなんにもやらない。目ざめている時間は、かくのごとく、なんということもなく過ぎてゆく。ここで休養をとっておかないと、疲れが夢の中まで持ち越され、仕事によくない影響がでてくるのだ。

「便利な時代になったものだなあ。起きているあいだの、この楽なこと。むかしは、このほうを夢と呼んだのじゃないのかなあ……」

ある夜の物語

クリスマス・イブ。

ひとりの青年がせまい部屋のなかにいた。彼はあまりぱっとしない会社につとめ、あまりぱっとしない地位にいた。そして、とくに社交的な性格でなく友人もいなかった。

恋人がほしかったが、それもなかった。去年のやはりクリスマス・イブ、来年こそは恋人を作り、イブをいっしょにすごしたいものだなと思った。しかし、その期待もむなしく、こよいも彼はひとりですごさなければならなかった。

その青年の部屋は、せまく粗末で殺風景だった。夕方にちらほら雪が降り、それはやんだというものの、そとは寒かった。その寒さは室内まで忍び込んでくる。暖房も充分でなく、また、つくりが粗末なので、寒さを防ぐことがむずかしいのだった。

室内は殺風景で壁に絵もなく、花も花びんすらない。あたたかさを目に感じさせるものもなかった。クリスマス・イブといっても、それにふさわしいものは、なにもない。

ただひとつあるといえるものは音楽だった。青年は小型ラジオから流れるクリスマスの音楽を、小さな机にもたれて聞いていた。ほかにすることもない。その音楽を聞いていると、あたたかい曲のはずなのに、なんとなくさびしくなってくる。自分がみじめでとるにたらない人間に思えてくるからだった。

といって、ラジオの音楽をとめる気にもならない。そんなことをしたら、もっとやりきれない気分になるだろう。さびしさは一種のなぐさめなのだ。彼は洋酒のびんを出し、それをグラスについでちょっと飲んだ。「メリー・クリスマス」と言ってみたかったが、てれくさかったし、ちっともメリーじゃないと気がつき、声に出さなかった。

それでも、いくらか酔い、青年はうとうとした。そして、そのうち、彼はそばに人のけはいを感じ、はっとして顔をあげた。

そばにサンタクロースが立っている。白いひげをはやした柔和な表情の老人。赤いゆるやかな服を着て、長靴《ながぐつ》をはき、大きな袋を手にさげていた。といったふうに、外見はサンタクロースそのものだった。しかし、いうまでもなく、青年は相手を物語のサンタクロースとみとめたわけではな

い。彼は、だれかの悪ふざけだろうと思った。

「変な芝居はやめて下さい。ぼくはいま、あまり楽しい気分じゃないんです。ばかさわぎの仲間入りする気はありません」

サンタクロースはやさしい目つきで言った。

「芝居だの、ばかさわぎだの、そんな目的でここを訪れたのではありません」

「それなら、なにかの宣伝ですか。むだですよ。ぼくにはお金も少ししかない」

「宣伝や販売に来たのでもありません。わたしはサンタクロースです」

「本物のだとおっしゃるのですか。なにかの冗談でしょう」

と青年が言うと相手は答えた。

「わたしをよくごらんなさい。さわってもかまいませんよ。また、音もなくここに出現したことを考えてみて下さい」

青年は見つめた。相手は欲のない表情だった。やとわれて変装しているのではなさそうだった。ひげにさわってみる。つけひげでなく、心の休まるような感触があった。室内を見まわしたが、ドアには鍵《かぎ》がかかっており、普通の人間なら入ってこれないはずだった。

「ううん。たしかにあなたは、ただの人間じゃないみたいですね。宇宙人かな。地球侵略のため、そんなかっこうで偵察に乗りこんできたのだろうか」

「科学力にすぐれた宇宙人だったら、なにもそんなまわりくどい方法はとらないでしょう。また偵察なら、もっとべつな場所に行くでしょう。わたしはサンタクロースです」

相手の言葉に青年はうなずいた。宇宙人が手間をかけ、こんな部屋に偵察にやってくるわけがない。相手の口調、態度、それらのかもしだすムードに、青年はしだいに包みこまれた。なごやかさ。楽しい夢のなかにいるようだった。しかし、感触があるのだから夢ではなさそうだった。やがて彼は言った。

「あなたが本当のサンタクロースに思えてきましたよ。しかし、なぜぼくのところへいらっしゃったのです」

「ことしはどこを訪れようかと空をただよっていたら、さびしげなものを感じた。そこで、ここへ来たわけです。なにかおくりものをあげます。望みのものを言って下さい」

「すると、物語は本当だったのですね」

「世の多くの人びとが、心の奥で存在を期待している。その期待の力によってわたしが出現し、望みをかなえてあげるというわけです。世の中のどこかでクリスマス・イブに一回ぐらい、奇跡が起ってもいいでしょう」

「その幸運な一回に、ことしはぼくが選ばれたというわけですか。ああ、なんとすばらしいことだろう」

「さあ、なにが望みですか」

サンタクロースはうながした。青年の頭のなかに、さまざまなものが、まわりどうろうのようにあらわれ、そして消えた。美しい恋人。もっとすばらしい住居。家具。新しい自動車。いや、会社での昇進といったことのほうがいいかな。自己の性格を社交性あるものに変えてもらおうか。あるいは……。

「さあ、望みはなんでしょう」

サンタクロースがまた言った。だが青年は、いざとなると、なかなかきめられなかった。迷っているうち、彼の心のなかでなにか変化が起った。青年は質問する。

「ぼくが辞退したら、あなたはよそを訪れることになるのですか」

「それがお望みならばね」

「ぼくがいま、なぜこんな気まぐれを思いついたのかわからないし、ばかげたことだとも気づいています。しかし、あなたのおくりものを受ける権利が、ぼくにあるかどうか。それが気になってきました。権利というより資格といったほうがいい。ぼくよりも、もっと気の毒な人がいるはずだ。そっちへ行ってあげたほうがいいんじゃないでしょうか。たとえば、このもう少し先に、なおりにくい病気で寝たきりの女の子がいる。あまりいい暮しでもないそうです。そこへあなたが出現したら、どんなに喜ぶかわからない。ここでぼくが品物をもらったりすると、あとに反省や後悔が残りそうです。ぼくから回されたことはだまって、その女の子のところへ行ってあげて下さい」

「では、そうしましょう。あなたの言う通りにしましょう……」

サンタクロースは歩き、壁を通り抜けるごとく消えた。あとにはなにも残らない。しかし、青年の心には、さっきまでなかったなにかが鮮明に残されていた。彼はこれからサンタクロースのやってくれることを想像し、楽しさをおぼえた。満足感があり、後悔はなかった。目に見えない、すばらしいものをもらったような気分だった。

そのあと、青年は酒を少し飲み今度は「メリー・クリスマス」と声に出して言い、そして眠った。きれいな夢を見た。

病気のため寝床に横たわり、ひとり本を読んでいた八歳ぐらいの女の子がいた。そのそばにあらわれたサンタクロースは言った。

「なにか欲しいものがあるかい。それを言ってごらん」

「あら……」

女の子は横になったまま、目を動かして小さく叫んだ。そして、どういうことなの、どこのお店の人なの、つけひげなんでしょ、などと一通りのことを言った。しかし、にせものだという点を発見できなかった。すなおな性質でもあり、やがてサンタクロースであることをみとめた。

「ほんとのサンタクロースなのね」

「そうだよ。欲しいもの、望みのこと、なんでも言ってごらん。かなえてあげるよ」

「それならね……」

女の子は考えはじめた。おもちゃがいいかしら、それよりも、お友だちが欲しいわ。ずっと寝たきりで、話し相手も遊び相手もいないんですもの。あら、それより病気がなおって元気になることのほうがいいわね……。

「まだきまらないのかね」

サンタクロースが言い、女の子は聞いた。

「でも、なぜあたしのとこへ来たの」

「じつはね、名前は言えないけど、さっきある人のところへ行ったんだよ。そしたら、こっちへ行くようすすめられたんでね」

「そうだったの」

女の子は軽く目をとじた。あたし、ひとりぼっちかと思ってたけど、あたしのことを考えてくれてる人が、どこかにいたのね。女の子はうれしげな表情になった。自分が見捨てられた存在でないことを知った。それは大きな驚きだった。そのためか、こんな言葉が口から出た。

「あたし、なんにもいらないわ。よその人のところへ行ってあげたら。あたしよりもっと気の毒な人がいるはずよ」

「どんな人だね」

「そうね、たとえば、この先に住んでいる金貸しのおじさんなんか、どうかしら。あまり評判のいい人じゃないの。だから、きっとお友だちがいないんじゃないかしら。今夜なんか、つまらなそうにしているはずよ。そこへ行ってなぐさめてあげたら」

「それがお望みなら、そうしましょう」

「さよなら、サンタクロースさん」

「さよなら」

サンタクロースは消えた。しかし、女の子の心の楽しさはつづいていた。世の中のどこかに、あたしのことを考えてくれている人がいて、自分が辞退してまでサンタクロースのような貴重な権利を回してくれた。そのことだけで充分だった。からだに元気がわいてきたようだった。生きようという意欲。それがからだのなかで大きくひろがっていった。病気がなおりはじめたように思えた……。

机にむかい、計算をし、帳簿をつけている一人の中年の男があった。そのうしろに立ち、サンタクロースは声をかけた。

「こんばんは……」

「お金を借りにいらっしゃったのなら、担保か、しっかりした保証が必要ですよ」

「いいえ、お金を借りに来たのでも、借用した金を返済に来たのでもありません。なにかお望みのものがあったら、さしあげようというわけです」

「なんですって。妙な人だな……」

男はふりかえり、サンタクロースを見た。こんなお客ははじめてだ。こいつ、頭がおかしいんじゃないかな。おれはつねに冷静な性格だ。だから幻影など見るはずがない。しかし、何回も見つめなおし、何回か質問をするうち、彼は本物のサンタクロースらしいと信じはじめた。サンタクロースは言う。

「なにかお望みのことがありますか」

「あるとも。ありすぎるぐらいだ……」

男の頭のなかで、金額の数字があらわれては消え、しだいに大きくなっていった。それはとどまるところを知らない。それに自分でも気づき、彼は苦笑いした。それでも、いちおう聞いてみる。

「現金が欲しいと言ったらどうなる」

「かまいませんよ。それであなたが楽しくなり、心のなぐさめになるのでしたら。じつは、わたしをここへ回した人の条件が、それですので。なるべくなら、その方針にそいたいわけです」

「なんだと。こういう貴重な権利を、こっちにゆずってくれた人がほかにいたのか。信じられないことだ。頭がどうかしているんじゃないかな、その人……」

「名前は言えませんが、頭がおかしい人ではありませんよ。よく考えたうえで、そうきめたのです」

「うむ……」

男も考えこんだ。さっき頭のなかで巨額な数字を並べたことが、ちょっと恥ずかしくなった。そして、自分にはすでに金があるのだということに、はじめて気がついた。

となると、望むのなら精神的な、金では買えないもののほうがいい。こんな商売をしてきたので、いままで好意を寄せてくれる親しい友人がなかった。それが欲しい。それにしようかなと思い、すでにそれがあることにも気づいた。サンタクロースをここに回してくれた人が、社会のどこかに確実にいるのだ。それなら、もうなにもいらないじゃないか。男は言った。

「どこかよそへ行ったらどうですか」

「欲のないかたですね」

サンタクロースに言われ、男はてれかくしのような口調で言った。

「欲はあるさ。しかし、欲しいものは自分の力で手に入れる主義なんでね。ここへ来ていただいたご好意には感謝するよ。サンタクロースなら、気の毒な人のところへ行ってあげたほうがいい」

「どんなところへですか」

「さあね。そうだ、こんな商売をしていると、社会の裏側の情報を耳にする。こないだ聞いたのだが、なにか危険なたくらみをやっている一団があるらしい。なにをやろうとこっちの知ったことじゃないが、そういうやつの内心は荒涼としたものじゃないかな。そのボスをなぐさめてやったらどうだろう」

「では、そうしましょう。さよなら」

「さよなら。もう二度と会えないのだろうが、あなたのことは忘れないよ。それと、あなたをここへ回してくれた人のことも……」

男は消えてゆくサンタクロースに言った。男は帳簿をしまい、この楽しい気分のまま眠り、夢のなかでもう一回サンタクロースに会おうと思った。いまの商売をやめるつもりはないが、営業方針を少し変えるとするかな。サンタクロースをここへ回してくれた人が、店に金を借りに来ることだってありうるし。そんなことをぼんやりと考えながら……。

あるビルの地下室で、緊張した顔の男がひとり考えこんでいた。彼がこれまでにたどってきた人生をひとことで言えば、いいことはひとつもなかった。いやなことの連続。そのため、彼は社会に対して憎悪の炎をむけるようになった。それだけならまだしも、仲間を集めて現実の行動に移そうとしているのだった。

すなわち、ある国とある国とを対立させ、それをあおり、争いにまで発展させようという計画。へたしたら大戦に発展しかねない陰謀だが、それこそこの男の望むところ。おれをひどい目にあわせつづけたこの世界など、破滅すべきなのだ。彼はその念にとりつかれ、資金や仲間を集め、熱狂的に準備を進めてきた。そして、まもなく行動への指令を出そうとしていた。

そこにサンタクロースがあらわれた。男は気づき、拳銃をむけた。

「やい。変なかっこうをして、だれだ。どこかのスパイだな。だが、ここへやってきたからには、無事には帰れないぞ」

「わたしはサンタクロースです」

「子供だましの、ばかげたことを言うな」

男は拳銃をぶっぱなした。しかし、弾丸はカーブをえがき、一発も命中することなく、コンクリートの壁にはねかえった。そのことで男は、サンタクロースであることを直感した。

「信じられないが、信ずる以外になさそうだ。これは失礼なことをした。しかし、なんでサンタクロースがここへ……」

「ある人が、ここへ行くようわたしに提案しましたのでね。なにかお望みのことがあれば、どうぞ。かなえてあげます」

「そうだな……」

おれの望みは、世界の破滅だ、それを言えばかなえてくれるかもしれない。しかし、その決意は急激にうすれていた。破滅させようという世界のなかに、サンタクロースをここに回してくれた人が含まれている……。

決意はにぶり、彼の心のなかの強固なものが崩れさっていった。男は言う。

「妙な気分だ。こんな心境では、望みのものなどきめられない。しばらく考えさせてくれ」

「しかし、クリスマス・イブも、もうまもなく時間ぎれです。来年あらためて出なおしましょうか」

「そうだな。いや、来年はべつな人のところへ行ってくれ。おれの考えは変った。あなたがここに出現してくれたことだけで満足だ。さよなら」

「さよなら……」

サンタクロースは消えた。そして、雪にとざされたある場所の、自分の家へと帰った。雪はやみ、晴れた夜空には星が輝いていた。サンタクロースは袋を肩からおろし、それをしまった。窓のそとの星々の光はなごやかだった。サンタクロースは、もしかしたら、きょう最も楽しさを味わったのは自分ではないかと思った。

旅行の準備

都市のはずれの一軒の家。庭のついた、こぢんまりした家だ。それがこの一家の住宅だった。そとには夏の日が照っているが、なかはすがすがしく、合成香料によるスズランのかおりが、かすかにただよっている。

午後の三時ごろ。父親が帰宅した。壁いちめんにうつるテレビを眺めていた坊やと、母親とが迎える。

「パパ、おかえりなさい」

「はい、ただいま。会社の仕事がうまく片づいたので、あしたからしばらく休暇をとることにしたよ」

父親は坊やの頭をなでながら言う。母親もうれしそうだ。

「じゃあ、このあいだのように、また高原へ行きましょうよ。湖のそばの、シラカバの林。自然のよさにひたりましょうよ」

しかし坊やは言った。

「ぼくは海へ行きたいなあ。泳ぎたいんだ。波と遊びたいんだよ。パパもママも、いつも運動不足なんだから、泳いだほうがいいよ」

それぞれ意見を出しあったが、けっきょく坊やの主張が勝ちをしめた。だが、父親が首をかしげながら言う。

「だけど、前もって予約をしておかなかったから、すぐ行けるところがあるかなあ……」

「電話で聞いてみたら」

と母親が言い、父親はそうした。

観光地センターに問い合せると、回答はこうだった。

「あいにく、海岸はもうどこも一杯でございます。しかし、海中でしたらまだあいております。むしろこのほうが快適で……」

父親は坊やに、どうしようかと相談する。坊やは「うん、そのほうがいい」と答え、それにきまった。これから行きます、手配をよろしくとセンターに告げる。

父親は電話局に連絡する。

「これから、一家で休暇を楽しみに出かけます。かかってきた電話はむこうへ回して下さい。行先は……」

それから、父親は行先を金属板に記入し坊やに渡して言う。

「さあ、これを門のところにとりつけておいで。また、しばらく留守するのだから、庭の草花をほっぽっといてはいかん。枯れたらかわいそうだ。自動水まき器のスイッチを押しておいで」

自動水まき器とは、肥料を含んだ水を、定期的に草花にやってくれる装置だ。天候に反応する性能があるので、ひでりがつづくと、まく水の量を多くしてくれる。

「やってきたよ。早く行こうよ」

坊やがもどってきて言う。

母親が注意した。

「あら。ペロちゃんが庭にいるじゃないの。ほっといちゃだめよ」

「あ、しまった」

坊やは頭をかきながら庭に飛び出し、犬のペロを家のなかに連れてきた。父親は言う。

「家じゅうの窓の戸締りをよくたしかめておくれ。非常ベルがちゃんと鳴るようになっているかどうかも……」

坊やと母親は、ひとつひとつ調べた。ベルが鳴ったりやんだりした。そして報告。

「パパ。どこも大丈夫だよ。さあ、早く出かけようよ。ぼく、もう泳ぎたくてたまらないんだよ」

坊やはそわそわしている。

「よし。では、出発だ」

父親はうなずき、ポケットから鍵を出し、壁の装置にさしこむ。それから、ボタンを押す。屋根のほうで、ブルブルという音がしはじめた、いよいよ出発なのだ。

坊やは犬のペロをだいて、窓のそとをながめている。窓の下で、わが家の庭が遠ざかってゆく。父親は壁面の装置に目をやり、ボタンを操作しながらつぶやく。

「便利でスピーディな時代になったものだなあ。少し前までは、家族旅行というと、ヘリコプターに乗って出かけたものだ。それがいまでは、家そのものがヘリコプター式になった。屋根の上の大きなプロペラで、好きなところへ空を飛んで行ける。軽くて丈夫な建築材料が開発されたおかげだ……」

窓の下では、都市が遠ざかってゆく。母親も父親のつぶやきにあいづちをうつ。

「ほんとね。これだと忘れものをすることもないし、留守中に泥棒に入られるかなと心配をする必要もない。あと三十分もすると、このまま海底に到着し、窓のそとに魚のむれを眺められるんですものね。非常ベル装置はさっき点検したから、浸水の心配はない。そろそろ、酸素発生器と空気浄化装置のスイッチを押しとこうかしら」

「どこへでも移動できる住宅。むかしはホモ・モーベンス、つまり移動人間なんて言葉がはやったそうだが、そのころの人たち、こんなふうに移動住宅、ハウス・モーベンスの時代がくると予想したかなあ……」

どっちにしても

秘密情報部員のエヌ氏は、いま楽しくひとときを過している。つまり、美女とともに酒を飲み、豪華な食事をし、ダンスをやり、また酒を飲みというぐあいに……。

その時、身につけている小型ポケットベルが音をたてた。本部に連絡せよとの合図だ。彼は電話をかける。

「部長、なにか非常事態の発生ですか」

「ああ、例の秘密結社が、またもよからぬ動きをはじめた。このまま放任しとくと、世の中がめちゃめちゃになってしまう。対抗手段を講じねばならぬ。大至急、本部に出頭してもらいたいのだ」

「わかりました」

エヌ氏ははっきりした口調で答えた。

「ねえ、もっと遊んでいましょうよ」

と言う美女を、冷静につきはなす。

「そうはいかんのだ。じゃあ、またな」

軽く別れの乾杯。それ以上のことは言えぬ。秘密情報部員であることのきびしさ。

エヌ氏は通りにとめておいたスポーツカーに乗り、全速力で本部へむかう。しかし、パトカーに追われ、停車を命じられる。

「なんですか。重大な仕事で急いでいるのです。じゃましないで下さい」

と言うエヌ氏に、警官は顔をしかめる。

「酔払い運転の、スピード違反。免許証を取上げる。どんな事情があるにしても、だからといって見のがしていたら、世の中がめちゃめちゃになってしまう」

不在の日

ある部屋のなか。四十歳ぐらいの男がひとり、椅子にかけていた。窓からは、おだやかな午後の日ざしがさしこんでいる。男の腰かけている椅子は、ゆったりとしていてすわり心地がよさそうだったが、彼の表情にはなにか落ち着きがなかった。

男は時どき、ふしぎそうに首をかしげたりもする。さっきからずっと、そんなことをくりかえしている。あたりはあまりにも平穏。その平穏さを持てあましているようだった。なにも起らないということが、男の表情の不安の度を高めているかのようだ。

その時、ドアにノックの音がした。

男はびくりとし、緊張でからだをかたくした。だれが訪問してきたのか、まったく予想がつかない。彼はつぶやく。

「とうとうやってきたな。どうせ、ろくでもないやつにきまっている。それだけはわかっているんだ。しかし、おれとしては応対しなければならないんだなあ。いやがってほっておいたのでは、お話にならないんだ。これがおれの義務であり、宿命なんだ……」

ぼやきながらも男は、自己の立場を思い出し、なにげない表情と身ぶりとでドアをあけた。意外な訪問者を見て驚くには、なにげない表情からのほうが効果的なのだ。

そこには美人が立っていた。若く魅力的で、ほっそりしたスタイル。上品ななかにもお色気をひめ、小説に登場する女性として、申しぶんなかった。彼女は首を少しかしげて、にっこり笑った。男はぞくっとし、わざとでなく本心から驚いて言った。

「やあ、いらっしゃい。どなたか存じませんが、きょうはいい日のようだな。いつもこうだと、どんなに楽しいことだろう……」

しかし、女はしとやかな口調で言った。

「あら、お部屋をまちがえてしまったわ。ごめんなさいね。ほんとに失礼を……」

すまなそうなあやまりの言葉を残し、帰っていった。男はがっかりし、また部屋の椅子にもどる。しばらくの時間、なにも起らなかった。さっきの女がふたたびやってくるけはいもなかった。男は腕組みをし、口のなかでぶつぶつ言う。

「おかしい。どうもようすがおかしいな。おれは小説のなかの人物、作中人物なのだ。普通だったら、もうこのへんで事件が起り、どうしようもなくそれに巻きこまれているか、なにか大事件の前兆らしきものが迫っていて、おれがおびえはじめていていい

はずなのだ。それなのに、きょうは……」

部屋の片すみで電話が鳴りはじめた。男の顔に期待の表情がよみがえる。

「これだ、これだ。作者がいよいよ事件の幕をあげはじめたようだな。きょうは手がこんでいるぜ。寄り道をせずに事件にぱっと飛びかかるというのが、いつもの方法。それを破って、読者に新鮮な印象を与えてやろうというのがねらいのようだな。おれも活躍のしがいがあるというものだ。作者のやつ、少しは小説のテクニックが上達したようだな。それとも、アイデアが浮ばず、もたもたしている内心を、新機軸らしく見せかけることで、ごまかしているのだろうか……」

電話のベルは鳴りつづけている。男は椅子から立って歩き、受話器をとった。どこか悲しげな女の声が聞こえてきた。

「もしもし、葬儀社さんですか……」

その言葉で、男の好奇心はふくれはじめた。なるほど、これはちょっとした趣向だな。まちがい電話に対し「こちらは葬儀社です」と答えるいやがらせは現実によくある。その逆手というわけだな。平凡な男の部屋に、こんな電話が突然かかってくるなんて。しかも、おだやかな日の午後。

あたりの空気がたちまちのうちに、ミステリーのにおいをおびはじめた。そばに鏡のないのが残念だ。おれの表情もそれにふさわしく、あっと息を飲んだ感じになっているはずなんだ。

このなぞの電話。それにつづいて、死体が運びこまれてくるというわけなんだろう。どんな方法で運ばれてくるんだろうな。デパートの配達トラックにつまれ、デパート特有の紙で包装されてかもしれないな。これだとだれも怪しまず、おれだって怪しまない。

なにげなく受取りかけるが、心当りがないので、おれは質問する。しかし、配達員は「わたしはとどけるのだけが仕事で」と、そっけなく答える。そして、おれに受領書にサインをさせ、送り状をおいてゆく。おれが送り状を見ると、なんと自分がデパートで買ったことになっているんだな。

ますます深まるなぞ、サスペンス。ふしぎがりながら、おれは買ったおぼえのないその包みをあけ、そのなかに死体をみつけ、悲鳴をあげる。いや、悲鳴をあげないで、口をあけただけというほうが効果的かもしれない。悲鳴だと、いささか月並みだ。

あわててドアから出てあとを追うが、配達車は走り去ってしまったあと。おれは死体を持てあますことになってしまうのだ。そっと外へ捨てようかと考えるが、すぐに気がつく。いまの受領書に、自分がサインをしてしまったということ……。

こわごわと死体を見つめなおす。そこでおれは、もういちど飛びあがる。つとめ先で、おれと最も仲の悪いやつの死体ではないか。きのうも、おれは「きさまを殺してやりたい」と、みなの前で言ってしまっている。

まあ、だいたい、そんなぐあいに物語は展開するのだろうな。さっきの、部屋をまちがえたと言っていた女、あれはようすをさぐりに来た役目ということなのだろう。そうでなくちゃ、おかしい。なんら意味も関係もない人物が、小説のなかに出てくるはずがないし。

このへんまでは、おれにも想像がつく。何回も作中人物になっていれば、作者の手のうちも、いくらか見当がついてくるというわけさ。

しかし、それからさきはどうなるのだろう。おれにはさっぱりわからないが、作者の頭のなかには荒筋ができているんだろうなあ。作中人物とは、闇《やみ》か霧のなかにいるようなもの。作者だけは赤外線利用の眼鏡を持っていて、ずっと見とおしているというわけだ。おれはそのあやつるままに動いていればいいんだ。途中で美女とベッドをともにできるだろうか。まあ、期待しないほうがいいだろうな。作者はそれに偏見を持っているらしく、いつもそんなところは省略してしまう。そんな偏見を捨ててくれればいいのに。おれも楽しいし、読者も喜ぶ。作者だって、それで枚数がふやせるじゃないか。

そうこうしているうちに、いやおうなしにおれは異変の深みに引き込まれてゆくんだ。結末はどうなるんだろうなあ……。

といったことを、男は一瞬のうちに頭に浮べながら、電話口で応答した。

「はあ、葬儀社といいますと……」

わざととぼけた口調で言った。事情をのみこんだ答えをするわけにはいかないじゃないか。それでは小説にならない。待ってましたとばかりに「さようでございます。まいど、ごひいきいただき、ありがとうございます」などと、あいそよく答えるわけには……。

いや、まてよ。そういう手もあったな。ユーモア小説になる。死と笑いとを結びつける手法がはやりかけているそうだ。その方向に展開したほうがよかったのかもしれない。奇想天外、予断を許さないストーリーになるぜ。しかし、もう後悔してもまにあわない。言葉は口から出てしまったのだ。

しかし、女の声は意外なことを言った。

「あら、申し訳ございません。番号をまちがえてしまいましたわ。お気を悪くなさらないで下さいね。悪意でおかけしたのじゃありませんから」

「あ、もしもし。おさしつかえなかったら、ちょっとお話し相手になっていただけませんか。これにはなにか事情があるように思えて……」

「そうはいきませんわ。いま申し上げたでしょう。悪意でやったのでなく、かけまちがいですのよ。こちらがいま、どんな状態かおわかりでしょう。常識のないかたですのね。そんなのんきな場合じゃ……」

女は怒ったような口調になり、電話を切ってしまった。葬式の準備をしようという時に、雑談などしてはいられないのだろう。

男はまた、さっきと同じ退屈な姿勢にもどった。どうもおかしい。なにかいつもとちがう。こんな小説の進行があっていいのだろうか。作中人物のおれとしては、勝手がわからず、どうしていいのか困ってしまうじゃないか。

たしかに、いつもの作者とようすがちがう。なにかの小説作法の本を開き「作中人物を突っ放して扱え」なんてところを読み、そのままうのみにしてしまったんじゃないだろうか。そういう手法もあるだろうが、こんなふうにしろとの意味じゃないはずだ。その小説作法の本には「作中人物が作者の手をはなれ、ひとり歩きするようになる」なんてのも、のってたのかもしれない。それだって、もののたとえさ。

無責任に突っ放された、おれの立場にもなってみろ。これが非情で冷酷な作風なんだと、作者は内心でいい気分なのかもしれないが、それは考えちがいというものだぜ。作者といえば親も同然、作中人物といえば子も同然。口先や表情はいかにきびしくても、じつは目に見えぬ愛情の糸で結ばれ、裏でそっと、すべてのおぜん立てをととのえてくれるべきなんだ。落語の人情話のむかしから、それが不文律。そうしなかったら、お客は腹を立ててしまうじゃないか。

しかし、依然として、なにも起らなかった。

「部屋のなかにじっとしていては、だめなのかもしれないな。外出してみるかな……」

男はつぶやき、建物のそとへ出る。道ばたで、近所の顔みしりの老人に会う。老人はにこにこと声をかけてきた。

「おや、どちらへ……」

くだらんあいさつだな。なにげなく使われている日用語だが、よく考えると、おせっかいきわまる。どこへ行こうと、そっちに関係ないことじゃないか。言葉どおりに受取り、くわしく説明しはじめたらうるさがるくせに。「ちょっとそこまで」と答えておけば「そうですか」と満足してくれることになっている。無意味な問答だからこそ、あいさつなんだろうな。

男は、老人の言葉から、なにか行動のヒントでももらえるかなという期待が消え、失望と当惑を味わった。「むこうで大変なことが起ってますよ」という文句に接したかったのだ。また、目的がきまっていれば「ちょっとそこまで」と気楽に答えられるのだが、自分でもどこへ行ったものかわからない時「どちらへ」と声をかけられると、心にぐさりと響いてしまう。男はうめくような声を出した。

「ううん……」

「なにか元気がありませんな。どうかなさったのですか。いつもとちがうようですね」

「ちがうもちがわないも、大ちがいなんだ。こんな変な気分になったことは、いままでにない。なぜおれが外出したのか、どこへ行ったものか、まるでわからないんだからな」

「それはまた、どうして。記憶喪失とかいう症状じゃないんですかね」

老人が心配そうに顔をのぞきこんでくる。男はかすかにうなずいた。

「なるほど、そういうシチュエーションもありうるな。現実の世界ではごく珍しい症状だそうだが、小説のなかとなると、便利なせいか、よくあるようだ。しかし、ただの記憶喪失ではもう古い、なにか新しい型でないと話にならない。うん、もしかしたら、記憶喪失になっていながら、本人は自分がそうなっているのに気づかないという、新手法かもしれないな」

「記憶喪失になったのだという意識、それをも喪失しているわけですな」

「ああ。だが、やがて、自分が記憶喪失だということには気づくんだ。普通だと、そこで主人公はショックを受け、うろたえ、必死に失われた自分を求めはじめる。しかし、今回はその逆なんだ。自分のその症状に気づいても、ちっとも驚かない。過去が消えてさっぱりしたといった調子。これはいいぞ。さすがはおれの作者だ。いい発想じゃないか」

「そうですかね」

と老人は先をうながし、男は言う。

「つまりだ、精神的な蒸発というやつさ。家族にであっても、いやな債権者にであってもけろりとして、わたしゃなんにも知りませんだ。肉体はここに存在していながら、精神はどこかへ蒸発しちゃっている。周囲はこれをどう扱うかだ。家族や対人関係を断絶し分解し、その再構成を拒否することにより、現代社会の喜劇的矛盾を鋭くつき、過去の人生記憶の本質への問いかけをおこなう。こりゃあ、ちょっとした傑作になりそうだぞ。おれはその栄誉をになう作中人物だ。うまくいけば、気のきいた劇場で、気のきいた演出でやってもらえるかもしれない。年配の人は、なにを青くさいことやってやがると笑うだろうが、年配者の泣きどころをつくようなせりふをちりばめるかして、その配慮をうまくやれば、評判になるぞ。ああ、作者はやはりおれを見まもってくれていたんだ。しかも、楽な役だ。おれはけろりとしていればいいんだからな。そのかわり、傍役《わきやく》のかたには頑張ってもらわなければならない。よろしくお願いしますよ」

男はべらべらとしゃべり、老人の肩をぽんとたたいた。

「だいぶ元気になりましたなあ。こっちも安心しましたよ。しかし、家族との断絶って、あなたの家族はどこにいるんです」

老人が変なことを言い出し、男はまたうなり、やがて残念そうな表情になった。

「だめか、やっぱりだめか。家族のほうはなんとかなるとしても、おれはさっき、あなたを近所の老人とみとめてしまった。そうなると、記憶喪失とはいえなくなる。しらん顔して、ぬけぬけとごまかして話を進めてしまうという手もありますよ。しかし、なかにはうるさい読者だっている。変じゃないかと、前のほうを読みかえし、鬼の首でも取ったようにさわぎたてる。批評家がやっつける。彼らだって普通の日常では、人にはだれだって欠点はありますと、物わかりのいい寛容な好ましい人なんだが、こと作中人物が対象となると、人格が一変してわずかな失敗さえ容赦しない……」

「そうですな」

「そうですなじゃ、ありませんよ。だいたいあなたがいけないんだ。不用意にわたしに声なんてかけるからだ。おかげで、これが幻の名作になってしまいやがった。おれは文学史に残りそこねた。このつぐないはどうしてくれる」

男はどなり、老人は身をかわした。

「冗談じゃない。わたしが声をかけ、記憶喪失じゃないんですかと言ったから、あなたがそんな連想をひろげたんでしょう。文句を言われては、いい迷惑ですよ」

「そうか、そうだったな。これは悪かった。つい興奮してしまいました。ああ、おれはどうしたらいいんだ。作者はきょうに限って、なぜおれを見放したのだ。あなた、作者に見放された作中人物に匹敵するようなどうしようもない存在が、世の中にありますか。ああ、ああ、ああ……」

男は泣かんばかりになる。老人はそれをなぐさめた。

「まあ、さわがないで、気を楽になさい。それならそれで、深刻さを忘れてしまいなさい。たまには、そんなひとときを過すのも、いいじゃありませんか」

「そんななぐさめの言葉は、ここじゃあ通用しないんですよ。ふん。たまにはいいか。普通の社会なら、それでいい。ぼんやりした時間を持つ権利がある。それどころか、積極的に持つべきだとの通念さえある。しかし、ここは小説なんですよ。ここでは、リラックスは許されないんだ。たまにはいいでしょうと、主人公がのんびりしてみなさい、また、みなが怒る。編集者、読者、批評家、だれもが顔をしかめるんだ。その当人たちは、たまには主義者のくせにね。きびしいものさ」

「そういえばそうですな。テレビのホームドラマに、ごろんと寝そべってテレビを眺めているシーンは出てこない。視聴者は劇中人物を、封建時代の使用人のごとく思い、なまけるのを許さない。あるいは、その裏には、劇中人物に対する嫉妬《しっと》の感情があるのかもしれない。おまえら、いい思いをしているんだから、なまけるなという。ちょっと面白いテーマだ。いっしょに分析してみませんか」

「そんな、のんきな場合じゃないんですよ。ああ、まだなんにも起らない。なにかをしなくちゃいけないんだが、それがわからない。いてもたってもいられない気分。こうしているうちにも、時間はどんどんたってゆく。いらいらが高まる一方なんです」

男は爪《つめ》をかみかけ、それをやめて指を組み、顔を上にむけたりした。老人は言う。

「わたしは傍役らしいから、あなたほど深刻にならないですむわけです」

あたりは依然としておだやかだった。気をまぎらすものもない。男はたえきれなくなり、また叫び声をあげる。

「それにしても作者め、なにをしているんだろう。こんなことってあるか……」

老人は人生体験のゆたかさを示すような口調で言った。

「作者が疲れているんじゃないでしょうか。中年になると、無理がからだにこたえたりするものですよ。中年で思いついたが、すごい美人にめぐりあい、彼女に熱をあげ、小説どころのさわぎじゃないということも考えられますな。中年すぎの女狂いとなると、ほかのすべてを投げ出しかねない。わかってあげなさいよ」

「そうですね。中年すぎの道楽はこわいものらしい。賭《かけ》ごとに熱中しはじめたのかもしれない。飲む打つ買うだ。飲むが抜けていたな。アル中にでもなって、ぼけたかな。あるいは、新しい風俗を知るためと麻薬をこころみ、そのとりこになりゃがったかな」

男は顔をしかめ、老人はまたべつな仮定を話した。

「もっとすごい場合だってある。どこかの旅館で、となりの部屋の密談を盗み聞きしてしまった。それがクーデターに類する大犯罪。作者の頭は、そのことで一杯。しかし、文に書けば、その一味に消されかねない。もう気もそぞろで、小説の人物にかまっていられないという場合だってありえますよ」

「うん、そうだ。それにちがいない。すると、これもある意味での話題作になるな。事件解決のあとで作者が、その時の執筆の苦しさを、手記のなかで発表する。すると読者は、そうか、そうだったのか、どうりであの作品はおかしいと思っていたと、読みかえして感激してくれる。われわれは再認識され、同情がいっせいに集中する。悪くないことだな」

「あなた、急に楽観的になったりして、人がよすぎますよ。ひとつの仮定にすぎません。その甘さを打ち消してあげる。作者のほうが犯罪をやったのかもしれない。極端な場合を想像すれば、殺人をやったのかもしれない。殺人のあとでは、いくらなんでも作中人物に熱が入るわけがない。それができたら気ちがいです。この作者、いくらか頭のおかしいような傾向もあるが、それほどの偉大な気ちがいじゃない。この殺人事件が、あとで発覚したらどうなります。読者は読みかえすかもしれないが、決して好意的じゃない。あの凶行のすぐあと、あの作中人物たち、よくもああのんきなことをしゃべれたもんだ。人間らしい心がひとかけらもない。ひどいものねえとなり、われわれは知らなかったんだと弁解しても許してくれない。いい迷惑そのものでしょう」

老人におどかされ、男はふるえた。

「いやなこと、言わないで下さいよ。ただでさえ、精神が不安定なんですから。そんなことであとあとまで話題にされては、たまったものじゃない。ああ、どうしたらいいんでしょう。いっそ死んでやるか。作者に対しての、つらあて自殺だ。こういう作中人物の行動は、まだないはずだ。それだけでも話題になる……」

「あなた、いいとしをして自意識過剰ですな。すぐ名声とか死を持ち出す。きょうはいやに感情の起伏が激しいみたいだ。これで作者がしっかりしていて、いいストーリーを作ってくれたら、ドラマチックな名作になるところなんですがねえ……」

老人は肩をすくめた。男は沈んだ気分。

「残念がっても、なんの解決にもなりゃしない」

「あなたの気持ちはわかりますよ。だが、いずれにせよ、きょうの作者はいつもとちがう。思わぬ大金が入って小説などどうでもよくなったのか、水虫が悪化したのか、そのせんさくはきりがない。われわれはこの現実を、ありのままにみとめ、そこを出発点として考えなおすべきですよ」

「だからどうなんです」

「どうでしょう、ここはひとつ、われわれだけで立ちまわってみましょう。もちろん傑作とまではいかないでしょうが、中の下ぐらいの作品にはなるんじゃないでしょうか。思いきってやってみようじゃありませんか。われわれには、その能力がそなわっているのかもしれない。要領だって、ある程度は知っている」

「ええ。これで予期以上の傑作ができたら、それこそ傑作だ。作品を作るのは作者でなく、作中人物ということになる」

男はまた元気を取りもどした。老人はおだて気味に話を持ちかける。

「そう、その自信ですよ。自信こそ奇跡を呼ぶ要素です。あとになって作者、この時の気の迷いだか気まぐれだかを反省し、なんとかまとめてくれたわれわれに感謝するでしょうよ。作者がいつまでもこの作品を読みかえし、あの時はすまなかった、今後は二度とあんなばかなまねはしない、決してやらないと誓う、許してくれと心のなかでわびるでしょう。作中人物であるわれわれとしては、悪くない思い出でしょう」

「お話がうまいですね。虚栄心がくすぐられる。いっそのこと、あなたが作者となって、これから動いたらどうです。小説家が小説のなかに出てくるという作品は、よくある。それをやってもおかしくない」

「私小説の場合を除いて、じいさんの小説家が活躍するなんて、まあないんじゃないですか。新手法ではあるが、なんとも古いという、変なものになりますよ。まあ、そんな冗談はともかく、あなたも自信を持って下さい。奇跡を呼び寄せられるかもしれない」

道のむこうから青ざめた顔の青年がやってきて、男と老人とに話しかけた。

「すみません。ちょっとうかがいますが、この星の王さまに会うには、どこへ行ったらいいでしょう。ぼくはシグ星から来たものですが……」

あまりのことに、男はしばらく口をあけたままだったが、やがてつぶやくように言った。

「変なやつが来やがったなあ。これはSFなのだろうか。しかし、SFってやつは、ばかげた読み物みたいだけど、あれでけっこう頭を使うものらしい。作者の調子がこんな変な時に、そうなるわけがない。やはり不自然だ……」

「ぼくのどこかがおかしいのですか」

「おかしい。こんなところで宇宙人が出てきては、しらじらしくなるばかりだ。自信がうすれ、からだの力が弱まってゆく気分になる。いいか、きみには問答無用でぐいと異次元へさそいこむムードが、まるでない。SF的な展開に期待できませんよ。むりにやったら、SFの評判まで落してしまう。作者も作者だが、この飛入りはもっとひどい。きみなんか出現しないほうがよかったんだ」

男は文句を言った。青い顔の青年はむっとしたように言いかえす。

「しかし、出てきちゃったもの、しようがないじゃありませんか。では、ぼくがなんとかこの解決案を出しましょう」

「そんなもの、あるもんか」

「ありますよ。ぼくは、自分はシグ星から来たと思いこんでいる精神異常者なんです」

「また気ちがいか。安易なもんだ。作者がどうかしてるのはまだしも、作者の安易な悪い面だけ持ったやつが出現するなんて。ああ、ひどい日だ……」

「でも、SFへ展開する不自然さは消えたでしょう。さて、その先ですよ。平和を呼びかけようと、地球という星の王さまを必死にさがしつづけ、混乱と堕落の社会をさまよう、純真なひとりの青年の姿。狂気と呼ぶには、あまりにもきよらか。だれが笑えましょう。いたわってやらずにはいられないと、ひとりの美少女がからんでくる。心から同情を寄せ、地球の王さまさがしの手伝いをする。うそと知りつつ手伝っているうちに、どこかに王さまがいそうな気になってくる」

「ふうん」

「それでいろいろな遍歴をするわけですが、それにかかわった人びとは、もしかしたら狂っているのは自分たちのほうじゃないかと、痛切に感じる。その痛切は苦痛になり、それをいやす唯一の方法は、その青年の王さまさがしの手伝いをする以外にない。その作業を通じて、青年の狂気が伝染する。心から手伝っているうちに、みなが徐々に、やさしく、おとなしく、やわらぎの方へと狂ってゆくわけです。このすばらしい伝染は、最初の一滴が小川となり、大きな河となり、海となるように、善意が世界をおおいつくすのです。やがてある日、地球の王さまをみつけるんだ。だれだと思う。つまり、みなそれぞれが王さまだったと気づくのです。かくして、地球の王さまへの平和の呼びかけが完結する。自分も地球の王さま、となりの人も王さまだ。歌声がわきあがり、みなが手をとりあった時、その青年は、どこへともなく消えてしまっている……」

「悪くないかもしれないな」

「悪くないどころか、あなた、心のなかでじんとしたものを感じたでしょう。ほのぼのとした名作になりますよ。ぼくの才能がわかったでしょう。こういうストーリーは、作者には書けないんじゃないかな。作者のやつ、このごろ、ひねくれればいいんだとの、変な固定観念にとらわれてるようじゃないか。ばかのひとつおぼえとは、このことだ。それとも才能の限界かな。こういうほのぼのとしたのを書かないから、一般女性の読者がふえないんだ。ここで、ひねくれの袋小路をぶち破ってやろう。まあ、そんなことはどうでもいい。ぼくはこの物語の主役をやりたいんだ。ひょっとしたらテレビ化され、ミュージカルになるかもしれない。からだが虹色《にじいろ》の雲になってゆくような、いい気分だ。さあ、はじめますよ。この星の王さまはどこにいるんですか。ぼくはシグ星から来たものですが……」

青年は自己陶酔にひたりながら、それらしき身ぶりをした。しかし、男はいやな表情をした。

「おもしろくないな。虫がよすぎる。きみは途中からのこのこ出てきて、主役におさまろうっていうんですか。勝手ですよ。いい気なもんですよ。きみは作者のすきをみて、べつな作風を持ちこもうとしている。よくない心がけです。危険分子だ。あとで作者にばれてごらんなさい。二度と使ってもらえなくなるから。作風とは作者の命でしょう。それに反逆するなんて、とんでもないことだ。おれは、そんな大それたことはやらない。協力しませんよ」

「あなた、ぼくに嫉妬してるんでしょう。なさけない人だなあ。作家に迎合している。

マスコミに迎合する昨今の大衆みたいだ。テレビにちょっとでもうつしてもらいたいと、インタビューアーの顔色を見ながら、その気に入りそうな心にもない発言を街頭でやってる主婦みたいだ。あるいは、新聞に投書をのっけてもらおうと、主義主張をおっぽり出し、その投書欄の採用傾向を調べてるやつみたいだ。世の中がだめになってゆくのは、マスコミの大衆への迎合ではなく、大衆のマスコミへの迎合のほうですよ。週刊誌のグラビアに写真を出してもらえるなら、悪魔に魂を大安売りしかねないやつらばかりだ。しっかりして下さい。だからこそ、ここはぼくが主役で……」

青年の口調は熱をおびたが、男はそっぽをむく。

「いやですね。作家に使ってもらえなくなった作中人物なんて、どうしようもない存在だ。いや、存在ですらない。さっきまでは、作者に突っ放された人物が最悪と思っていたが、それ以下があった。お笑いだ。そんなにやりたければ、ひとりでおやりになったらいいでしょう」

それでも青年はあきらめず、こんどはさっきからだまっていた老人のほうにむかってたのみはじめた。

「ねえ、あなたは手伝って下さるでしょう。いい役をあげますよ。あの美少女の祖父の役です。善意と慈愛と気骨の象徴みたいな性格です。なんでしたら、孤高、学識、礼節、気品もおまけにつけますが……」

「あんたもまあ、主役をやるためには、魂のダンピングをやりかねないわけだな」

「皮肉は困りますよ。ぼくの場合は悪魔にでなく、天使に魂を奉納し、そのご利益《りやく》をいただこうというのです」

「手伝ってあげたいところだが、わたしには自信がないな。小説っていうものは、統一がなくちゃだめなんです。ひとりでも非協力者がいて、ぶちこわそうとかかられたら、どうにもならない。あなたがきよらかな狂人となって街をさまよっても、この人がうしろから〈ばかは死ななきゃなおらない〉なんて大声で歌ってついてきたら、どうします。あんた、それでもやってみたいんですか……」

「そういうわけだなあ。残念だなあ。だめかなあ。そこが小説の限界か。作中人物に無限の自由はないというわけか。はじめて気がついた。亡命したくなってきた。さっきのストーリーとぼくとを受入れ、まじめに仕上げてくれる、やさしい作家の世界に移りたいなあ……」

青年はため息をつき、べそをかいた。老人は、青年と男に言う。

「まあ、きょうのところは、おだやかに形をつけるとしましょうよ。なにしろ、きょうは作者がどうかしてるんです。平凡なミステリーでいい、無難にまとめようじゃありませんか。地球との無電機が故障した状態で、虚空をさまよっている宇宙船の乗員のような立場です。内輪もめはやめ、交信の回復できるようになるのを待ちましょう」

「あまり気が進まないが、適当にやっておくとしますか。しかし、ミステリーにするのなら、まず事件が必要でしょう。ぼくはおくれてやってきたわけだけど、見たところ、まだなにも起っていないようだ。だれかが死ななくちゃならないことになる……」

青い顔の青年が言い、男はすぐさまそのあとをつづけた。

「いいですか、この主人公はおれなんだ。最後まで生き残る権利と義務とがある。これを忘れてもらっちゃ困るよ。これは大河小説じゃないんだから、主人公が途中で死んでは原則に反する。おれは死なないよ。死体なんかになりたくない」

つづいて老人も言う。

「罪のない老人を殺すなんてことも、物語の原則に反する。むりやり殺したいのなら、やってごらんなさい。あと味の悪い作品になり、読者にいやな印象を与えるでしょうよ」

老人と男に見つめられ、青年は言う。

「そんな目で見ないで下さい。ぼくだってごめんです。死ぬのがいやなんではありませんよ。はなばなしく、読者の同情と涙の雨をあびながら死ぬのなら、むしろ望むところです。しかし、推理小説の被害者に、あんまりそんなのはないでしょう。こんな損な役はない。それにですよ、自分をシグ星人と思いこんでいる、きよらかにして魅力的な人物を、ここで死体に変えてしまったら、作品効果のためにもよくありません」

「まだシグ星人だなんて言ってやがる。狂気を売りものにし、とくいがっている狂人なんて、だれも狂人あつかいしてくれませんよ」

と男が言った。青い顔の青年は、老人にむかってたのみはじめた。

「すると、やはりあなたということになってしまいます。もちろん、罪もない老人を殺すわけにはいきません。しかし、罪のある老人となれば、話はべつです。すみませんが、たのみますよ。あなたが過去の秘密を告白すればいいんです。じつは、むかし殺し屋だったとか、むかし妻を殺して床下に埋め、そしらぬ顔をして生活してきたんだとか。そうすれば、物語の伏線となり、死んでもおかしくない。罪のむくいの恐ろしさ、読者の頭にも抵抗なくさっと入り、話が展開しはじめるというものです。だいたい、ぼくを説得して、平凡なミステリーにまとめようと言い出したのは、あなたですよ。いまとなって自分はいやだなんて、それはずるい」

こう言われると、老人も首をふりつづけるわけにはいかなくなる。

「しかたがない、そうするか。おそろしい告白をはじめるとするか。うまれる前にさかのぼる。わしの母親は夫の目を盗んで愛人を作り、その痴情のはてに、その愛人を殺してしまった。その殺人行為のショックで産気づき、わしがうまれたというわけだ。だが、天罰はのがれられない、難産で弱まり、まもなく死んでしまった。わしがうまれることで、間接に母親を殺してしまったともいえる」

「いいぞ、いいぞ。宿命的に殺人とからみあっているなんて、持ってきようによっては、恐怖小説になる。さて、その先は……」

「わしの父はだな、その浮気な母を心から愛していた。だから、その死という精神的なショックで病気となり、やせおとろえ、やがて死んでいった。つまり、父の死もわしの誕生の結果なんだ」

「ぞくぞくしてきた。のろわれた人生をたどらざるをえない、というわけですね」

青年が口をはさみ、老人はつづけた。

「そうなんだよ。わしは遺産の管理人であり後見人でもある伯父に育てられたのだが、少年のころ、遊ぶ金に困って、その伯父を殺してしまった。ついでに、目撃されたため伯母をも殺してしまった。だが、少年なので死刑にはならない。少年院に入れられたわけだが、炊事係の時、調理場の大鍋《おおなべ》に毒をほうりこみ、みな殺しをやってしまった。すなわち、看守も死に、そのすきにわしは脱走した。それから、ひたすら悪の道。やがて麻薬密輸団の殺し屋として働いた」

「生ける死神のようだな。ほんとなんですか。すさまじいものですな」

「それからだよ、あるスパイ組織に関係したのだ。世界征服をもくろむ秘密の団体。いまはじめて告白するが、核兵器を盗み出すのに成功した。極秘情報だよ。その国の当局はひたかくしにしており、世界はまだそれについて知っていないが……」

「すごい、それから……」

青年と男は身を乗り出した。老人は言う。

「あとは言わないよ。全部を話してしまったら、そこで死ななくちゃならないものな。盗まれた核兵器が一発、わししか知らない場所にかくしてあるというわけさ。そのうち、なにかの衝撃でどかんとくるかもしれない。案外、この近くかもしれないぞ。あっはっは。どうだ、こんな経歴じゃあ、簡単には死ねないだろう。わしは死んでもいいんだがね。あとで大問題になっても知らないよ……」

老人は大笑い。男はがっかり。

「しようがないなあ。最初は恐怖小説らしく油断させ、いつのまにかスパイ物にしてしまった。子供だましみたいだが、死んでもらうと、そのあとの解決が大変だ。作者はなにしてるんだろう、みんなが主役みたいになってしまって、無統制きわまる。どうです、そのへんを手わけしてさがしてみましょう。美人の死体がころがっているかもしれない。推理小説にはよくありますよ。犯人の遺留品が、つごうよくそばにあったりしてね。それだったら、三人がそれぞれ探偵役となり、犯人さがしの競争ができる。こつこつ型、分析推理型、ひらめき型とタイプをわけ、一着を争うのも新趣向でしょう」

男の提案に、青年はあきれ顔。

「冗談じゃないですよ。いかに小説とはいえ、美人の死体が待ってましたと出てきては、あまりにひどすぎる。もっとも、それが不自然でないように、これまでになにか伏線があればべつですけど。ぼくが来る前に、それらしきことがありましたか」

「ないなあ。いちばん最初、おれの部屋に葬儀社とまちがえて電話がかかってきた。それがうまく使えればいいんだが、おれの手にはおえない。作者がまともな時なら、うまくこじつけてくれるかもしれないが、ほうり出された作中人物のあつかえることではなさそうだ」

「でしょうね」

「しかし、理由のない衝動的な殺人というのもあるんだ。それだったら、理由もなく衝動的に出現する死体だって、あってもいいはずだ。周囲の状況は、どの点からみても、死体の出現する必然性を拒否している。しかるに、それでもなお死体が出てくるのだ。不条理のドラマ、新しき芸術ですよ」

「むちゃくちゃだ。女のはだかの出てくるドラマとおんなじです。必然性があればはだかにもなるという女優が、必然性もなんにもないところではだかになり、不条理の芸術ですと称するたぐいだ。小説をそこまで堕落させてはいけません。そこで、ぼくの思いついた次善の案ですが……」

と青年は老人にむかって言う。

「……さっきのお話だと、むやみに殺人をなさったそうじゃありませんか。それが本当なら、死体のストックがあるでしょう。けちけちせずに、ここでひとつ放出して下さいよ。みなのためです。人助けになる。もし、ないなんて言ったら、あなたはうそつきじいさんだ。つまり、核兵器の話もでたらめ。あなたに死体となってもらえる」

「むりだよ。死体を新鮮なままとっておけるわけがない。粉末状にしておいて、水をかければできたて同様になるインスタント死体。短いSFなら、そんな手法も使えるだろうが、ここまでだらだらつづいたあげくじゃ、その手は使えない」

「インスタントはだめでも、大きなカンヅメにしてとってあるんじゃないかなあ。人間というものは、追憶に生きる。きっと、なにかしら殺人の記念品をとってあるはずだ。正直におっしゃいよ。ご自分が死にたくないんだったら」

「じつはな、とってある。白骨でだよ。いや、正確には白骨といえないな。ひまなので、色をぬってしまった。ピンクや黄色や紫で、あざやかにぬってある。なんだったら、それを持ってきて、ここへぶちまけようか」

「ひどいなあ。あんまり犯罪らしくない。やがて本物の人骨と判明しても、警察は若者を犯人とにらむ。ぼくへまっさきに容疑がかかってしまう。ごめんです」

男が口を出して言った。

「きりがありませんな。少し疲れたし、こんなとこで立話もなんですから、そこの公園へでも行き、ベンチに腰をかけて、ゆっくり相談することにしませんか」

「そうしましょう」

三人は連れだって公園に入り、ベンチにすわる。

公園はのどかだった。池の噴水はたえることなく水を噴きあげ、それは水滴となって散り、小さく静かな虹を作っていた。手入れのゆきとどいた緑の芝は、あざやかな沈黙でひろがり、色とりどりの花々は、野生の草花とちがうという選ばれてここにいる誇りを示している。白いチョウは、花々のコンテストの審査員のように、あちこちを飛びまわり、何羽かのハトは、甘えたような鳴き声をころがしている。むこうでは、ふわふわした犬とたわむれている、あどけない子供がたのしげな笑い声をひびかせ……。

「のんびりとする眺めですなあ」

と老人が言ったが、男は首をかしげた。

「その逆じゃないのかなあ。なにかいやな予感がする。残酷な幕切れというやつは、平穏ななかで突然におこるのが効果的なのです。この公園のたたずまいは、まさにそれだ。おれは作者の好みを、あるていど知っているから、それが勘でわかるんだ。うん、どうやら作者のいつもの調子がもどってきたようですよ。覚悟したほうがいい。いよいよ、これからはじまるんですよ……」

「驚かさないで下さい。なにがはじまるというんです……」

青い顔の青年は、さらに青ざめて言った。しかし、なにも起らない。あたりの風景は、放心状態のなかで静止したかのよう。物音もせず、なにか息ぐるしい空気……。

きれいな青空から、なにか細かいものが降ってきた。青年は言う。

「なんでしょう、これ。作者の調子がもどったにしては、変じゃないですか」

「灰のようですよ。タバコの灰のようだ」

老人は手のひらに受けたそれを調べて言った。男はうなずきながら言う。

「調子をとりもどした作者、これまでの経過をどうしめくくったらいいかと、タバコを吸いながら頭を悩ましているんでしょう。ああでもない、こうでもないと。われわれがいじくりまわしたこの結末、苦労するのもむりはありません。タバコの灰が落ちそうになったのにも気がつかず、ため息をつきながら、苦しんでいるんだ。灰だって落ちてきますよ……」

青年がさえぎる。

「こいつ、まだ作者におべっかを言ってやがる。つまらん解説なんかしやがって。これがみごとな幕切れ、新手法で、読者もあっと驚くはずだと言いたいんでしょう。ちぇっ、なにが新手法だ。こういうのはね、苦しまぎれのごまかしというものです。これが作者の本調子なら、ひどいもんだ……」

老人がなかにはいってとめた。

「まあまあ、タバコの灰ときまったわけじゃない。タキビかなにかの灰が、かげろうのなかを舞いあがり、ここへただよってきたのかもしれない。つまらない議論はやめましょう。われわれ作中人物というものは、どうあがいたって、作者の意にあやつられている。それが運命なんです。あきらめましょう」

「どう思ってあきらめればいいんです」

「つまりです、作者たちの住み生きている現実の世界、そこの連中だって、気がついているかどうかはべつとして、それより一段上のなにかの、逆らうことのできない意志に支配され、その気まぐれにあやつられているんじゃないかというわけです。それなのに、やつらの大部分はそれを知らないでいる。そこへいくと、われわれはまあ、自己の限界をわきまえている。いちおうの救いじゃありませんか」

「そうかもしれませんな」

「現実の世界の人たちは、このごろは大事件がなくてけっこうだと口では言いながらも、じつは内心では、事件というものは起るのが正常な状態だ、と思いこんでいる。起らないのが異常だと信じこんでいる。そのため、平穏がかえって重荷になり、心の底のほうで妙な不安におびえているのじゃないでしょうか。ちょうど、きょうのわれわれのように……」

奇　病

やってきた患者を診察してから。
医者「申しあげにくいことですが、これはきわめてなおりにくい。新しく発生した病気で、まだ治療法がみつかっていないのです」
患者「うふふ」
医者「症状が進むにつれ、笑いが高まるという病気なのです。すぐ入院して下さい」
患者「うふふ」
医者「われわれは必死の手当てをしているのですが、症状は悪化するばかりで、申しわけありません。あなたもがんばって下さい」
患者「ははは」

医者「ありとあらゆる新薬をこころみましたが、いっこうに効果があがらない。宇宙時代だというのに、人類の科学はこの病気の進行をくいとめることができない。医者として胸をしめつけられる思いだ」
患者「あっはっは」
医者「重体におちいった。おい、看護婦。酸素吸入の用意、カンフル注射だ」
患者「あはは、あはは、げらげら、いひひひ、あっは……」
医者「ご臨終です」
遺族「うふふ」
医者「なんということ。あなたも感染なさったようですな。すぐ入院なさって下さい」

ふしぎなネコ

　夜おそい時刻。あるビルの地下室。倉庫とも道具置場ともつかない殺風景な室内で、内部にはタバコの煙がこもっていた。

　そこには数人の男が集っていた。彼らは盗賊団。話していることは、いうまでもなく悪事の相談だった。首領らしい男がもったいぶって言った。

「大きな仕事をやろうと思う。銀行の現金輸送車を、そっくりいただこうというのだ」

「それはすごい。で、作戦は……」

「まず、ひとりはここで待ち伏せる……」

　地図を前に、その打合せがはじまった。ちょっとの手ちがいが失敗につながるため、だれも真剣な表情だった。

　その時、ドアのそとで声がした。

「こんにちは……」

女の声のようだった。みんなは話をやめ、顔を見あわせた。このかくれ場所を知っている者は、一味のほかにいないはずだ。こんな時間にやってくる人のあるわけがない。しかも、女の人などが……。

「だれだろう。おまえ、のぞいてみろ」

と首領が言った。

「わたしがですか……」

指名された子分のひとりは、棒をにぎりしめ、こわごわドアをあけた。彼は首をのばして廊下を眺め、変な表情になった。

そこにはだれもいなかったのだ。女の声ははっきり聞こえたし、立ち去った足音もまったくしなかったのに、人影はなかった。

「だれの姿もありませんよ。気のせいだったのかもしれませんね」

「そんなはずはない。たしかに声がしたし、みんなも聞いている。よく見ろ。物かげにかくれているのかもしれないぞ」

「いいえ、かくれてもいません。いるものといえば、ネコが一匹だけです」

子分がドアをしめかけると、そのネコが室内に入ってきた。おとなしそうなネコだ。いずれにせよ、現実にだれもいなかったのだから、これ以上気にするのは無意味だ。

みんなはふたたび相談に移ろうとした。

そのとたん、また声がした。

「みなさん、大ぜいお集りですのね」

さっきと同じ声。だれもが驚き、その声のした方角を見た。そこには、いまのネコがいた。あまりのことに、泥棒たちはしばらくぼんやりとしていた。それから、ひそひそささやきあった。

「おい、ネコがしゃべったような気がしたが……」

「ああ、しかし、そんなことはありえない。気を落ち着けよう」

おたがいに肩をたたきあったり、自分のほっぺたをつねったりした。そのうちに、みんなが見つめている前で、ネコがはっきりと言った。

「まさかとお思いになったでしょうね」

もはやあきらかだった。

「本当におこりうることだろうか」

とだれかが言い、だれかが常識的な意見をのべた。

「ネコの発声器官は単純で、このように人間そっくりの声の出せるわけがない。また、脳だってそう大きくないのだから、こんなはっきりした言葉が使えるわけもない」

といっても、げんにネコが口をきいている。そのことは認めざるをえなかった。この点に気がつくと、こわくなってきた。

「いや、化けネコの話を聞いたことがあるぞ。ネコは魔物というから、とんでもないことをやりかねない」

「すると、これが化けネコか。気味がわるくなってきた」

しりごみするばかりで、つかまえようとする者はなかった。

「もしかしたら、おれたちの頭がおかしくなったのかもしれないぞ」

と顔をしかめ、ひたいに手を当てた者もあった。その時、またネコが言った。

「その通りですわ」

みなは青ざめ、ため息をついた。

「やはり頭がおかしくなったのか。しかし、なぜだ。悪事をたくらんだためなのか」

「ええ、そうですわ」とネコ。

「このまま、さらに頭が変になってゆくのか。頭を悪事に使わなければ、もとにもどるのだろうか」

「その心配はいりません。正しく使えば問題はないはずですわ」

泥棒たちは、恐れ入って頭を下げた。天使がネコに宿り、警告をしにやってきたのではないかとも思えたのだ。そうとしか考えられないではないか。

「今度の仕事はやめだ。おれは足を洗うことにする。悪事をしようとするたびに変なネコがあらわれ、説教をされてはたまらないからな」

と首領が言い、ドアから出ていった。子分たちも逃げるようにそれにつづいた。あとに残ったネコも、やがて出ていった。

それはエフ博士の飼っているネコだった。つぎの日、博士は集ってもらった友人たちにむかって、話をはじめた。

「長いあいだ研究中だったものが、やっと完成しました。きょうは、それをごらんに入れようというわけです」

「いったい、なんなのですか」

「特殊な化合物です。まず、その性能を現実にお見せしましょう」

エフ博士はビンのなかから、錠剤のようなものをひとつ出し、机の上にのせた。しばらくすると、その錠剤が音を出した。

「こんにちは……」

という女の声だ。友人たちはそれを耳にし、ざわめいた。すると、錠剤がまた言葉を言った。

「みなさん、大ぜいお集りですのね」

ふしぎがる来客たちを、博士は面白そうに眺めていた。錠剤はさらに言った。

「まさかとお思いになったでしょうね」

博士はおもむろに説明をはじめた。

「最新式の録音装置とでもいうべきものです。しかも、いままでのとまったくちがったタイプのものです。この物質ですが、これは空気にふれると分解しはじめ、それにつれて音を出すのです。物質を結晶させる時に記録させた音を、いま、その通りに再生しているのです」

「なるほど。分解する時に熱を出したり、煙やにおいを出す化合物がありますが、それをさらに進め、音を出す物質を開発なさったというわけですね」

「それは錠剤に答えてもらいましょう」

と博士が言うと、それに応ずるかのように、錠剤が声を出した。

「その通りですわ」

「これは気がきいてる。われわれの質問を予想し、あらかじめ今の声を録音しておいたのですね」

「ええ、そうですわ」

と錠剤が答えた。茶目っけのある博士が、そうしくんでおいたのだ。友人たちは感心しながらも、ひとつ質問をした。

「しかし、こんなものができて、世の中が混乱するおそれはありませんか」

また錠剤が答えた。

「その心配はいりません。正しく使えば問題はないはずですわ」

錠剤は分解しつくし、消えてしまった。それとともに音も出なくなった。来客たちはうなずきあい、博士に言った。

「すばらしいものをお作りになりましたね。人体に害はないのでしょうね」

「ないようです。じつは、これと同じ録音をした錠剤をひとつ、きのうネコに飲ませてみたのです。ネコはどこかへ行ってしまいましたが、あとで戻ってきて、この通り元気です。だから、たとえ飲みこんだとしても無害だろうと思います」

博士は説明をしながら、そばへやってきたネコの頭をなでた。ネコはわけもわからず、ただ「にゃあ」と鳴くだけだった。

やはり

エヌ氏は山奥の小さな旅館にとまった。主人の話だと、観光用の自動車道路が山のむこうに作られてしまったので、こっちへ来るお客がめっきり少なくなったとのこと。エヌ氏は静かさを求めてやってきたのだが、静かさを通り越して、ものさびしい感じだった。

夜なか、エヌ氏はふと物音でめざめた。廊下をだれかが歩くような音。すすり泣く女の声。低くつぶやく男の声。エヌ氏は飛び起き、電灯をつけ障子をあける。だが、そこにはだれもいない。彼は朝まで眠れなかった。

つぎの日、彼が昨夜のことを話すと、主人は顔をしかめて小声で言った。

「やはり、音をお聞きになりましたか」

「その口調だと、なにやら事情がありそうだな。話してくれ。このままではいやだよ」

「はい。むかし、このへんの殿さまが、落城の時に山に宝を埋めた。ここの若者に手伝わせ、すんでから殺してしまったのです」

「ありそうな話だな」

「その若者の結婚したての妻は、悲しみのあまり首をつった。その哀れな二人の魂が、時どきあらわれ、ああなるのです。神主におはらいをしてもらえば、しばらくは出ないのですが、このところ不景気、その費用のつごうがつかなかったので……」

「そういういわれだったのか。あの声にはうらみがこもっていて、ぞっとしたぜ」

「お客さま、こんなうわさがひろまりますと、この旅館はさびれる一方でございます。わたしまで首をつることになる。ぜひ内密にしていただきたい。今回の宿泊代はいただきませんし、それに口どめ料として……」

主人は泣きつき、エヌ氏に金包みを押しつけた。たいした金額ではなかったが、彼はそれを受取り、山むこうのにぎやかな旅館に移り、つぎの一晩をさわいですごした。

しかし、都会に帰ると、友人に話さないではいられない。これは内密だがと打ちあける。聞いたほうは考える。うむ、ちかごろ珍しい刺激的な話だな。行ってみよう。うまくゆけばその若者の亡霊の話し声から、宝のありかのヒントぐらい聞き出せるかもしれない。

出かけた者は、おとめしたくありませんという主人に、前金で気前よく払い、むりにとめてもらう。その応対のひまに、亡霊の声を出す小型テープレコーダーの調整をしながら、主人はつぶやく。

「やはり、わたしの計画はうまくいったぞ。いまやお客を呼ぶには、新奇な刺激と欲で釣るのが一番いいようだ……」

たそがれ

夜中に起きた時、すでに異常さは周囲にあった。その男はベッドの上で寝がえりをうとうとし、ようすのちがっていることを感じた。なぜか自分のベッドのやわらかさが、なくなっているようだったのだ。そのために、ふと目がさめてしまったのかもしれない。

目がさめたついでだ、トイレに行くかな。男はそう思い、手さぐりで枕《まくら》もとのスタンドをさぐり、スイッチを入れた。灯はついたが、それはうすぐらい光だった。男は眠そうな声でつぶやく。

「おかしいな。これはもっと明るい電球のはずだ。たまが切れたのなら、あかりはつかないはずだし……」

トイレの照明も、また同様だった。いつもの明るさでなく、うすぼんやりとし、ゆっくりとまたたくように息づいていた。

「おれの視力が弱まったのだろうか……」

男は目をこすりながら、便器への水を流すハンドルを動かした。普通なら勢いよく水が出るはずなのに、水は音をたてることなく、静かにちょろちょろと流れはじめるのだった。変だな。どうしたのだろう。

しかし、男の頭はなかば眠りの世界にあり、それ以上は考えようともせず、彼はベッドにもどり、ふたたび眠りについた。いつもの寝心地とちがうことも気にはなったが、ねむけのほうが強かった。男はえたいのしれぬ不安の夢を見つづけた。

翌朝。男の枕もとで目ざまし時計のベルが鳴った。しかし、彼はなかなか目をさまさなかった。熟睡のためでも、疲れているせいでもない。

ベルの鳴り方が変だったのだ。いつもの、ねむけを吹き飛ばす激しい鳴り方でなく、弱くゆっくりした、ちんちんという音だった。時計が疲れているかのようだ。

だから、男は目がさめきるまでに時間がかかった。彼は時計を見つめ、首をかしげる。

「ぜんまいを巻き忘れるはずはない。この時計、故障でもしたのだろうか。まだ買ってまもないのに……」

曇った朝だった。どんよりした雲。窓のそとの天候は、すがすがしいものではなかった。それをおぎなおうとして、男は言った。

「さあ、元気を出そう」

自分に言いきかせるように叫びながら、ベッドの上で少しはねてみた。そうすることによって、自分の体力がおとろえていないことを確認できた。

からだに異常はなさそうだったが、おかしな感覚はあった。彼は夜中の体験を、ふと思い出した。やわらかいはずのベッドに、弾力が感じられなかった。

手でさわり、押してみる。ふわふわしているはずのマットレスが、なんだかごわごわしている。不審感は高まり、さらにマットレスの下の、ベッドのスプリングをも調べる。それもおかしかった。手ごたえのある強い弾力を示さなかったのだ。

男はベッドの下をのぞいてみた。木製のベッドの脚。それにぬってあるニスがつやを失い、はがれかけていた。その下の材質は、かさかさした感じになっている。何十年と使い古したベッドではないのに……。

「変だな……」

男はまたつぶやき、テレビのスイッチを入れる。それが彼の毎朝の習慣だった。しかし、この朝のスイッチには、いつものようなぴしりとした手ごたえがなかった。チャンネルを回す時も、どこかがひっかかるような、だらしない感覚が伝わってくる。

やがて、のろのろと画面が明るさをおびはじめた。どこからともなく幽霊がただよってくるかのように、画面が出るまで時間がかかった。いや、出たというより、出たのか出ないのかわからないような画面だった。

うすぼんやりとしていて、鮮明さがまるでない。かすかに弱々しくゆれている。前面のガラスがよごれているのかなと思い、男は手のひらでこすってみた。しかし、依然としてぼやけたままだった。

テレビの音声部分も、画面と同じように生気がなかった。疲れた病人のような、かすれたかぼそい声で、よく聞きとれない。

「おい、しっかりしろよ」

男は手でテレビのセットをたたいてみた。機械類の故障は、たたくことによって、さっとなおることがある。しかし、今回はそうもいかなかった。たたいてから数秒間は、瞬間的に画像や音声が鮮明になるのだが、すぐ気力を失うかのように、ぼやけたものへと戻ってしまう。チャンネルを切り換えても、ダイヤルをいじっても、その状態に変りはなかった。

男は手をひたいに当てる。自分ではそう思っていないが、急にとしをとったのじゃないかとの疑念が頭に浮ぶ。老いという言葉が、心のなかで明滅する。視力、聴覚、触覚の神経、それらが老化したため、あたりのものがこんなふうに感じられるのじゃないだろうか。いやな気分が、からだのなかを通り抜けていった。

玉手箱をあけた浦島太郎のようなことが、おれの身におこったのだろうか。眠っているあいだに、いっぺんに老年へ移ってしまったという現象が……。

そんないたたまれない気分を振り払おうと、男は洗面所の鏡の前へ行き、のぞきこんだ。くもっているというのか、鏡もまた反射力をだいぶ失っていた。不安におびえながらも、彼は顔を近づける。

しかし、そこにうつっている自分の顔は、きのうとそう変ってはいなかった。歯もしっかりしているし、髪も白くはなっていない。おれはまだ老化してはいないんだ。なにかの気のせいにちがいない。彼は元気づく。ひげでもそったら、さっぱりした気分がよみがえるんじゃないかな。

男はそれにとりかかろうとした。だが、蛇口をひねっても水の出方は弱々しかった。石けんを使っても、泡《あわ》はあんまり出ない。きのうとりかえた刃なのに、切れ味はよくなかった。安全カミソリの道具そのものも、ねじがゆるんだのか、がたがただった。時間をかけたけれど、ひげはよくそれなかった。

「どういうことなんだ……」

原因がわからないのでいらいらし、男は大声をあげたが、その声の反響も弱々しかった。老齢のような、ひっそりとしたぶきみさがあたりに沈澱《ちんでん》していた。部屋のすみのほうで、電話のベルが弱々しく鳴っていた。なんとか力をふりしぼって、電話機としての義務を果そうとしている。そんな印象を与える鳴り方だった。電力が弱っているのかなと思いながら、男は受話器をとった。

「もしもし……」

と応答すると、相手は名を告げた。親しい友人だとわかったが、なんだか別人の声のようだ。男は言う。

「いやに元気のない声だな。どうかしたのかい……」

「いや、こっちは元気な大声だぜ。そっちこそ、どうかしてるんじゃないのか。活気が伝わってこないぜ」

という相手の返事で、男はしばらく考え、そして言う。

「ははあ。とすると、電話機がおかしいんだな。テレビがおかしくなったように……」

「なるほど、そっちもそうなのか。いやね、朝おきてから、身辺のようすが、どうもいろいろとおかしいんで、きみに電話してみたというわけさ。電話の呼出し音も変だったな。いやいや鳴ってるようだった。そっちもそうなのかい。これで、自分の頭が狂ったのじゃないことがはっきりした。しかし、だからといって、安心したものかどうか、ますますわからなくなってきた。どうして、こんなことになったのだろう」

「こっちだってわからんさ……」

男は答えた。おたがいとも持っているのは不審感と疑問ばかり。与えようにも解答や説明材料はなにもないのだ。電話はいちおう終った。

男は考えをまとめようと、タバコをくわえた。しかし、ライターの火花は燃えつきる寸前の線香花火のように弱く、なかなか点火しなかった。やっとともった炎も、弱々しく小さく、たよりなかった。タバコの味も、どこか気が抜け、おいしくなかった。

「きょうは、なにもかもだめときやがる。しようがないな。ひとつ、コーヒーでもわかして飲むとするか……」

それにとりかかったが、ガスの炎もまた、息もたえだえという感じだった。ホタルの光と大差ないみたいだ。この調子だと、時間がかかりそうだな。それに、なんとかわいたとしても、コーヒーがいつものような味とかおりを示してくれるかどうか……。

それを待つあいだにと、男は新聞をとってきた。紙面はぼやけている。印刷インキが水で薄められたかのように、字がかすれていた。紙も黄色っぽく、かさかさしており、どことなく老人の皮膚を連想させた。あまり読みにくいので、男はあきらめ、それをくずかごに捨てた。

　男は窓のほうへ歩く。スリッパの糸が切れたのか、ぱっくり口をあけた。彼はぬぎ捨てる。窓のそとを見ると、そこの光景はきのうとずいぶんちがっていた。

　木や草花の葉、日でりがつづいたあとでもないのに、どれもぐったりと力なくしおれている。枯れかけているのだろうか。眺めていると、風もないのに、ぽとりと葉が地面に落ちていった。

　となりの家の庭に犬が見えた。いつもはむやみと高い声でほえ、あばれる犬なのに、きょうはだらしなく地面にねそべったまま、じっとしている。しかし、死んでいるのでないことは、かすかに尾を動かすことでわかった。

　むこうの道を自動車が走っていた。いや、とても走っているなどと形容できるようなものではなかった。よたよたと動き、すぐに、力つきたといったように止り、またあえぎながら少しだけ進む。そのあとの道路上には、なにかが散っている。塗料のはげ落ちた粉か、金属のさびかなにかのようだ。

　止ったきりの車もある。弾力を失ったタイヤ。それがみにくくゆがみ、表面がぼろぼろにひび割れている。それを見まもる、困りきった表情の車の持ち主。押して動かすのもむりだと知ったからだろう。

男はテレビのそばへもどり、音声のボリュームを一杯にあげてみた。ぜいぜいという雑音が入るが、なんとかアナウンサーの声を聞きとることはできた。

〈ニュースを申しあげます。各地において、牧場の牛や馬、家畜小屋のブタやニワトリ、それらがきょうの早朝から、みなぐったりとしております。疲れきったようなようす。動物ばかりでなく、いたるところで、農場の植物もまた……〉

アナウンサーは必死に異常事態を告げているのだろうが、テレビを通じての声は、かすれた悲しげなものとなっている。画面には、それらしき光景がうつっていた。もうろうとしていたが、活気のなさという感情だけは、はっきりとこっちに伝わってくる。

〈……調査の結果では、なんのビールスも検出されていません。細菌でもなく……〉

それを聞き、男はうなずく、ビールスのせいなんかじゃないだろうな。生物ばかりでなく、これは物品や無機物にも及んでいる。

「いったい、どうしたんだ……」

男はテレビをたたいて叫ぶ。それに応じるかのように、アナウンサーの声が言った。

〈どうしたのかとの問い合せが、各官庁に、またテレビ局にも殺到しております。いままでにわかった、それに対する、こうではないかとの仮説。いや、これ以外に説明しようがない考え方はこうです。この現象に共通している印象は、疲労といえましょう。森羅万象、世のすべての自然や物品が疲れはてたのだということです。あまりに長い長いあいだ、人間たちに使われ、人間たちに奉仕しつづけてきた。今日にいたって、その疲れが一度に出た。もはや存在することにも疲れたのでしょう。さいわいなことに、人間だけは健在です。しかし、それ以外のすべては、人間による酷使にたえかね、老衰という状態になってしまったと称すべきで……〉

テレビの音声は、息ぎれしたように小さくなった。男は大きくうなずく。

「そうなのか。そう言われると、そんなふうにも思えるなあ。わかるよ。自然界の持っていた精気を、なにもかも人間が吸いつくしてしまい、こうなったというわけか……」

そして、男はまわりの物品に呼びかける。

「たのむよ、元気を出してくれ……」

しかし、なんの答えもない。老衰が一段と進んだような静かさ。そのなかで、ベッドの脚が、もう力を使いきったというように折れた。つづいて、机の脚も……。

解　説

新　井　素　子

金米糖《こんぺいとう》、好きです。あの、ちっちゃくて、あっちこっち突起があってお星様みたいで（そりゃ、本物の星――恒星には、あっちこっち突起のないことは知っています。でも、昔、絵で見たお星様は、あくまででこぼこした☆型だったし、太陽が四方にフレアをのばした様なんて、ちょっと☆型に似ていると思いません？）、何ともカラフルで、上品な甘さのお菓子。生クリームとかあんこなんかは、「どうだ、俺は甘いんだぞ、甘いんだ、本当に甘かったろう、まいったか」って自己主張しているような派手な甘さですけれど、金米糖は、奥床しくさり気なく甘いような気がします。

時々、星さんの作品は、金米糖にたとえられますけれど、本当に、金米糖のような魅力があって、私、大好きなんです。ちっちゃくって、一編一編がお星様みたいで、何ともカラフルにいろいろな感じのお話があって、上品な魅力。

☆

星新一。

この名前を、原稿用紙に書くと、その前で、私、しばしぼけっとしてしまうんですよね。あんまりいろいろな思い出、個人的な思いいれがありすぎて。何といっても私、星さんの本を読んで、SFという世界を知ったのだし、星さんという方のおかげで、SF作家としてデヴューできたのだし……。個人的には、先生、というか、恩人、というか、この方がもしいらっしゃらなかったら、私の人生は変わっていたって方だし、一読者としては、最も好きな作家の一人だし……。

本当に、何を書いたらいいのか、どこから書いたらいいのか、判らなくなってしまいます。

☆

こんなことがありました。私が中学校一年の時です。

ある日曜日、朝の四時頃、私、唐突に、目が醒めたんです。目が醒めて、まず――いたい。

痛い――いたい――痛い。右のほおが、赤くはれあがっていて……虫歯でした。それもまあ、実に見事な虫歯でして、痛いのいたくないの、眠るのはおろか、叫びだすのをおさえるのがやっと。

十五分くらい七転八倒して、ついに耐えきれず、別室で寝ていた両親のところへ行きました。歯が痛くて眠れないよお。

日曜日は朝寝の日ですから、こんな早朝——というより深夜——におこされた母は、いかにも眠たげに、痛みどめの薬、くれました。で、それ飲んで。

まだ中学生の頃でしたし、何と痛みどめを飲むのはそれが初体験だったので、私、痛みどめに対して過大な期待を抱いてたんですよね。飲めばぴたっと痛みがとまると思ってたんです。で、全神経、歯に集中して。さあとまるかな、さあとまるかなって待っていて。……早い話、歯に神経集中しちゃったら、痛みがとまる訳、ないんですよね。

十五分後。また両親の寝室へ行って。痛みどめ全然きかないよおって抗議。今度は、はれているところを氷でひやしてみろって言われました。即座に実行してみたんだけれど、これも、やはり、駄目。

で、そうこうするうちに。私、何とも妙な精神状態になってきたんですね。午前四時。寝たのが午前一時すぎだから、三時間、寝てない。頭の芯が重くなってきていて——眠くて眠くて仕方ないんです。体は睡眠を欲しているんです。でも、精神は——というより神経は。痛みに刺激され続け、極度の興奮状態が続いてまして、眠るどころのさわぎじゃない。

仕方ないから、もう一回ふとんの中にはいって、タオルで包んだ氷のかたまりをほおにおしあて、あおむけになり……この状態、何とも手持ち無沙汰《ぶさた》なんですよね。何とはなしに本棚の前へ行き、何とはなしに本を選び、何とはなしにふとんの中でそれ読んで。

最初は、一行読んじゃ痛いよお、二行読んじゃ痛いよおってやっていたのですが、いつの間にか本にひきこまれ、痛いよおって台詞《せりふ》忘れ、ついでに痛みも忘れてしまい……。

本を読みおえ、ふと気がつくと、何か肩がつめたいんです。ぬれているみたいで――あれ、氷？　何だって氷なんか――あ。歯。

虫歯の痛みは、見事におさまっていました。

まあ、いくら何だって、本が痛みをとめる訳がありませんから、薬か氷が痛みをしずめたんでしょうけれど、問題は薬がきいてくるまでの間。その間、歯痛のことも忘れて夢中になれる本だったからこそ、こんなにスムーズに痛みがとまったのだし、本に神経を集中できたからこそ、薬がよく効いたのでしょう。

この時の本が、星さんの短編集でした。

以来、夜間や早朝、急に虫歯が痛みだした時は、必ず氷あてて星さんの本を読むことにしています。この応急手あて、百発百中、効いてます。(ただ……こういう、比較的簡単に虫歯の痛みをとめる方法を発見してしまったせいで、なかなか虫歯の治療にゆかず、よりひどい虫歯ができてしまうという、新たな弊害が発生しましたが)

☆

また、こんなこともありました。これもやっぱり、私が中学生の頃の話です。

中学一年で星新一という作家を知った私、面白くて面白くて、かたっぱしから星さんの本を読みあさり——ふと気がつくと、その頃出ていた星さんの本、あらかた全部、読んでしまっていたのですね。本屋さんの、星さんの本が並んでいるコーナーいって、「あ、これ読んだ、これも読んだ、こっちも読んだ、あ……全部読んでる……」っていうのを何回か繰り返しまして——いつの間にか、星新一中毒をおこしていたのです。中毒——それも、新たに読める本がないんだから、禁断症状。この症状のゆきつく先は、「私もああいうの書きたい」という決心だったのですが……。

ショートショート——特に星さんのショートショート——は、とある誤解を、すごく抱かせやすいんです。とある誤解——こういうのなら、私でも書けるかも知れないっていう奴。まず、短かいから何となくすぐ書けそうな気がするし、ついで星さんは実に判りやすい文体で書いていらっしゃるから、書くのも簡単なような気がするし……。

で、いざ、書いてみて。その、はなはだしい落差に気づく訳です。

長い話だと、メインになるアイディアに、色をつけてみたり、ふくらませてみたり、主人公の魅力を強調してみたり、もりあげてみたり、いろいろ料理のしかたがあるんですが、ショートショートだと。とにかく、生のままの材料、それ自体の魅力で勝負しなきゃいけない。と、そんなにいい材料が、あっちこっちにごろごろ転がっている訳、ないんです。一つや二つなら、まあまあの材料、しいれることができるかも知れませんけど、それどまり。

それに。生のままの材料を、新鮮に、あんまりゴテゴテ加工せず料理する——簡単な、判りやすい文章を書くって、決して簡単なことじゃないんです。材料のよさで勝負する、お刺身みたいな日本料理が、一見簡単そうに見えて、実は全然簡単じゃない、板前さんの包丁さばきにかかっているように。

レポートとか作文なんか書く時、経験ありません？　思ったように書けなくて、やたらだらだら文が続いて、こむずかし気な表現なんかがでてきちゃって、読み返すと何が言いたいんだかよく判らないってこと。判りやすい文章の方が、むずかしそうな文章より、実は書くのがむずかしいんだし――それに。簡単な文章で、ある程度こみいった内容をあらわそうとすると――これは、もち、至難のわざです。

とはいえ。最初の頃は、私、そんなことに気づきもしないで、とにかく何作かショートショート書いたんですね。それ、机の上に放りだしておいて。ある日、部屋をかたづけに来た母が、それ、読んじゃったんです。

あ、やだな、恥ずかしいな、とは思ったものの、一応感想聞いてみて。そうしたら母、何とも困ったような顔をして。

「うーん……よく判らない」

「判らない？　何が」

「ん……これ、どういう意味なの。書いてある内容が判らない」

「判らない？　これが？」

……ショック、でした。あたり前ですけれど、自分で書いたものは、自分にはよく理解できるんです。これが判らないだなんて――そんなことがあるのお？

「じゃ、これは？　こっちは？」

いくつか他の作品見せて。その感想は、半分くらいが〝判らない〟で、あと半分が〝つまらない〟でした。これは、あまりといえばあまりに率直な感想でして、私、かなり深く傷ついたんです。傷ついて、で、ちょっと拗《す》ねて。そうだ。きっと娘の作品だから莫迦《ばか》にしてるんだ。どうせ私が書いたものならみんなつまらないって言うんだ。ようし、それなら。

「じゃ、こういう話は？」

ついこの間読んだばかりの星さんのショートショートの筋を、ざっとかいつまんで話してみたんです。これで母がつまらないと言ってくれれば、ほらやっぱり娘の書いた話だから……って思えたんですけれど、母。

「あら素子、それはすごく面白いわよ。書いてみたの？」

……ぐさっ。私、深く深く傷ついて——同時に、とっても星さんを尊敬したものでした。

だって私、本当に味も素気もなく、あら筋だけを話したんですよ。その、ほんのあら筋ですごく面白いんだから……。

おまけに。星さんの作品は、近々千編になろうとする数なんです。千編——想像できますか？　昔話でも童話でも、何含めてもいい、千ものお話、思いだせますか？　これ、とっても一人の人が覚えていられる数じゃないと思います。（千夜一夜物語だって、一つの話に何日もかけていて、実際には千にはほど遠い数ですものね）それを、星さんは、覚えるんじゃなくて一人で千編、最上質のアイディア使って書こうというのですから……すごいっ！　と言う以外、言葉がみつからないのです。

☆

高校二年の時。初めて星さんにお目にかかりました。背が高い方でした。身長的には、そんなに抜きんでて高いってこともないのですが、全体的にスマートなイメージの方なので、まず第一印象として、ああ背が高いなって思ってしまうのです。

それから、声がとっても素敵でした。深味のあるバリトンって感じで。言葉づかいも、どことなく品があって。

実は、星さんとうちの父は、大学の同級生なんです。で、何となく無意識に比較してしまうのですが……。父も身長は結構あるけれど、基本イメージは太ってる、だし、父のいかにもすずしげな頭に較べて、星さんロマンスグレーだし……。

そのあとも、何度か星さんにお目にかかることがありました。いつお目にかかっても、星さんって、背が高くて何となく目立っているのです。といっても別に背の高さで目立っている訳ではないので……。

何ていうのかな、一種の雰囲気《ふんいき》、風格みたいなものがあって——それが目立つんです。威圧感っていうのと少し違う、とってもおおらかで品のよい、〝星さんの雰囲気〟

っていうもので。ライオンみたいな大型肉食獣の、するどい牙のある雰囲気じゃなくて、たとえば、船のむこうで大海原をずいっと横切ってゆく、くじらの雰囲気。大きくて、おおらかで、強そうだけれど優しそうで、上品な風格。そんな気がします。

☆

星さんのファンクラブの方のお話ですと、その記録的な——いえ、的は余計でしょうね、記録です——一千編めができるのは、もうそろそろのことらしいんです。

もうそろそろ？　いつ頃でしょうか。早くその日が来て欲しいような、早く記念作品読みたいような、読んでしまうの勿体《もったい》ないような、何とも妙な気がします。

ライバルの王選手が引退しても（一時、星さんは、その作品数を王選手のホームラン数と競っていたことがあったのだそうです）、一千編という偉業を達成しても、いつまでも、ずっと、いろいろなお話を書き続けていって欲しいと思っています。（調べた訳じゃないですけれど、おそらくは）前人未踏の記録だし——それに、何より。記録としての価値よりも、お話そのものが面白いんですもの。

私の虫歯、まだ治療中で時に痛むのが、四本もあることですし……。

（昭和五十七年七月、作家）

この作品集は昭和四十六年四月新潮社より刊行された。

未《み》来《らい》いそっぷ

新潮文庫　ほ - 4 - 26

昭和五十七年八月二十五日　発行
平成十七年二月二十五日　五十五刷改版
平成二十九年六月十日　七十九刷

著者　星《ほし》新《しん》一《いち》

発行者　佐藤隆信

発行所　株式会社 新潮社

郵便番号　一六二―八七一一
東京都新宿区矢来町七一
電話　編集部(〇三)三二六六―五四四〇
　　　読者係(〇三)三二六六―五一一一
http://www.shinchosha.co.jp

価格はカバーに表示してあります。

乱丁・落丁本は、ご面倒ですが小社読者係宛ご送付ください。送料小社負担にてお取替えいたします。

印刷・株式会社光邦　製本・株式会社植木製本所

ISBN978-4-10-109826-5 C0193